小学館文庫

事の次第

佐藤正午

小学館

目次

寝るかもしれない

I

今年四十歳になるタクシーの運転手、武上英夫《たけがみひでお》は秘密を三つ持っている。

少なくとも本人はそう思い込んでいるのだが、そのうち一つは、言ってしまえば妻への他愛ない隠し事にすぎなかった。二つめは、秘密というよりもむしろ彼自身の独特な傾向とでも呼ぶべきもの。そして三つめは、数年前の冬の夜に起こった放火事件にまつわる秘密だった。

だがその話の前に、

彼には口数の多い妻と子供が二人いる。

武上英夫がその口数の多い妻と——つまり後に彼の口数の多い妻となるべき年上の女と——出会ったのは十五年前、二十五歳のときである。当時、彼はコカコーラを小売店へ配達してまわるトラックの運転手だった。一つ年上の女のほうは、桟橋のカーフェリーの切符売場で働いていた。

ふたりの仲を取り持ったのは彼の職場の女事務員だった。

「高校の同級生にいい子がいるんだけど、会ってみない？」

と軽い感じで誘われて、最初はドライブにつきあわされたのだ。

その事務員のボーイフレンドを入れて四人で、一時間ほど走って遊園地へ向かうあいだ、後部座席にすわったふたりはほとんど口をきかなかった。隣の女は彼の顔すらろくすっぽ見ようとはしなかった。彼は二三の質問をして短い返事をもらったあげく、途中でそれ以上の質問をするために知恵をしぼることを放棄した。もともと話し好きなほうではなかったし、相手が年上だということもあって、どんな言葉づかいで喋《しゃべ》っていいのかもよくわからなかった。

あとは運転席の事務員と助手席のボーイフレンドが気をつかって喋り続けた。まだ若かった武上英夫は適当に相槌《あいづち》を打ちながら何べんも隣の女を盗み見た。太っているというのではないが全体にふっくらした身体《からだ》つきの小柄な女で、横から見ると薄手のセーターを突きあげる乳房の形が刺激的だった。こんな女を抱けたらいい、一晩じゅう好きにできたら幸せだと、車中の彼はそのことばかり考えていた。

遊園地に着いて二手に分かれ、彼は初対面の小柄な女と半日を過ごした。その半日が、彼の二十五歳以降の人生を決定づけた。女はジェットコースターに乗っても、ツインドラゴンという名の激しく揺れる方舟《はこぶね》に乗っても、控え目に声をあげるだけでそれほどはしゃがなかった。おとなしい、無口な女だ、と彼は思ったけれど、その点が気に入らぬわけではなかった。乗物にも飽きて、ふたりでベンチにすわってソフトクリームを嘗《な》めているとき、

「本当はね、あなたの顔、ずっとまえから知ってたの」

と年上の女が打ち明けた。心持ち紅潮した顔で、視線を、正面の三色すみれの花壇に据えたまま、

「このことは、あなたには絶対に黙っててって、秀美《ひでみ》には頼んでたんだけど、きっとあとで面白がって喋るに決まってる」

そう言いながら、右手の人差指に垂れたソフトクリームをあわてて嘗めてみせた。要約するとこういうことだ。桟橋の売店にコカコーラを配達に来る彼の顔を、切符売場で働く女は以前から注目して見守っていたのだった。

「へえ」

と驚きを抑えて、彼は曖昧に口ごもった。でも、どうして俺はこの女の顔をいままで知らずに過ごしたのだろう。そう思いながらまじまじ横顔を見つめて初めて、彼女の鼻の低さに気づいた。改めて見れば見るほど地味な顔立ちなのだった。だが当時はそんなことは何でもなかった。横から見るとめだつ鼻の低さなど、横から見るとめだ

つ乳房の大きさにくらべればどうでもよかった。武上英夫はとっさに知恵をしぼって、以後の人生を左右するこんな言葉を口にした。

「あしたから必ず、配達のときは切符売場に寄ってコカコーラを差し入れするよ」

そして彼はその約束を忠実に守った。

ふたりが結婚するまでに、女は日に一本ずつ、合計一五二本のコカコーラの差し入れを受け取ることになった。初めて遊園地にドライブした日付と、彼が配達の仕事をやめた日付の両方を彼女はのちのちまで記憶していたので、その数字にまちがいはなかった。

2

結婚した時期をいえば、彼の職場の女事務員とそのボーイフレンドのほうが半年ほど早かった。

結婚と同時に女事務員は彼の職場を去った。それからあとは、お互いの結婚披露宴のとき以外に顔を合わせる機会はなかった。口数の多い妻から彼らの噂《うわさ》を聞かされることは何度かあっても、武上英夫じしんが彼らに会う機会は二度と訪れなかった。あの遊園地へのドライブから十年が過ぎた頃、彼らの離婚騒動の話をどこからか妻が仕入れてきた。その噂話をはんぶんいい加減に聞き流しながら、武上英夫はもう二人のどちらの顔もぼんやりとしか思い出せなかった。

秀美がね、と口数の多い妻はいつのまにかつきあいの途絶えたかつての同級生の名前を、それに彼にとっては懐かしい職場のうろ覚えの女事務員の名前を、そう呼ぶのだった。

「秀美がね、とうとう子供を連れて実家に戻ったらしいの、遅かれ早かれってみんな思ってたけど、やっぱりね、働きに出たのがまちがいよね、子供を二人とも家に置きっぱなしで、そりゃ外に働きに出れば気は晴れるでしょうけど、彼女、若返ったっていっとき評判だったの、でもそれで旦那さんの酒癖がなおるわけじゃないでしょう、よっぽどひどくなったみたいなのよ、もう手のつけようがないんだって、酔ってても さすがに子供には暴力はふるわないらしいけど、家の中はめちゃくちゃでね、ドアは壊すし、襖《ふすま》は穴だらけにするし、テレビのブラウン管だって蹴飛ばして割ったあげくに足を何針も縫ったり。

ねえ、哀れよね、昔はあんなに陽気な男の人だったのに、あのころから酒が入るとちょっと変なところがあったけど、酒さえ飲まなきゃ立派な板前だって、前の店の社長さんも保証してくれてたっていうのに、もうこの辺じゃどこも雇ってくれる店はないのよ、自業自得といえばそれまでだけど、仕事したくて頼み込んでも相手にしてもらえない、お金が足りないからって面当てみたいに秀美は働きに出る、それで余計につらくなって酒を飲んだんじゃないの、子供はもう怖がって寄りつかないどころか、お父さんとも呼ばなかったんだって、可哀想《かわいそう》に、見たいテレビも我慢してね、テレビくらい新しいのに買い替えてやればいいのに、秀美がみせしめのために壊れたのをそのまま置いてたんだと思う、彼女の性格ならやりそうだもの、実家に連れていったら二人ともご飯も食べずにテレビの前から動かないんだって。

　秀美はかえってさばさばしてるんじゃない？　もう旦那さんの顔を見るのもいやだし一緒にいるだけでも鳥肌が立つって言ってたくらいだから、秀美のお母さんは娘がそんなに言うのならって前々から同情的だったんだけど、秀美のお父さんのほうが、自分も酒飲みだからやっぱり少し点が甘いらしくて、とにかくもういっぺん話し合ってみろ、何といっても好き合って結婚した仲なんだからとか、どんな夫婦にも照る日があれば曇る日もあるとか、そんな感じで説教するだけ、いままでは真剣に取り合ってくれなかったのが、さすがにこんどのことでもう呆《あき》れ返っちゃって、自分のほうから秀美に、早く離婚の手続きをしろって催促してるらしいの。

　あのね、本当のところは、秀美はずっと前から別れる腹づもりで、こんど旦那さんがテレビを壊すような何か事件を起こしたら、それを理由に実家に戻るつもりでいたとあたしは思う、そこへ灯油なんか撒《ま》いちゃったでしょ？　いっぺんでおしまいよね、秀美が夜仕事から帰ってみたら玄関に灯油が撒いてあったんだって、そいで旦那さんは上がり口のところに酔っ払って寝てたんだって、マッチの箱を握りしめて、前々から、家に火をつけて一家心中してやるって酔っ払ったときの口癖だったのね、子供たちは部屋の奥でおびえて泣いてるし、秀美はもうたまらない、と思ってその晩から子供を連れて実家に戻ったの。

翌朝、秀美のお父さんが様子を見に行ったら、本人は酔いが醒《さ》めてしょんぼりしてたそうだけど、家の中はそこらじゅう灯油の匂いがぷんぷんしててね、それで娘の言ってたことは大げさじゃなくて、本当にこの男はおかしくなってるって見切りをつけたのよ、一歩まちがえば、本気でこの男は火をつけかねないって、もう秀美のお父さんは頭に血がのぼっちゃって、娘と別れろ離婚届に判を押せってその場で迫ったらしい、でも旦那さんのほうはめそめそ泣くだけで話にも何にもならないの、それで、とにかく秀美は子供を連れて実家に戻ったんだけど、ただこのまますんなり離婚ってわけにはいかないだろうってみんな言ってる、きっともう一悶着《ひともんちゃく》あるわよ、だって秀美の旦那さんは朝起きたときはおとなしくてめそめそしてるかもしれないけど、いったんお酒を飲むと人が変わったみたいに狂暴でしょう、でもって毎日毎日酒を飲んで酔っ払って、誰もそれを止められないんだから、弁護士があいだに立ったって何したって離婚話がまるくおさまるはずないじゃない、そう思わない？　それにね……ねえ、先にお風呂に入ってよ、そのあいだにシチューを温めるから、ほら憲和、恵子姉ちゃんにお風呂早く上がんなさいって、お父さんが待ってるからって。

それにね、今日聞いてあたし驚いたんだけど、実は秀美にはもう別の男がいるんだって、勤め先のね、白楽天ってお店、そこのコックやってる三つも年下の男、和食から中華に乗り換えたってみんな噂してる、秀美も若返るわけよ、でもそのことが旦那さんにばれたら大変よ、ただでさえ狂暴なのに秀美が浮気してるって知ったらどうなることか、秀美のお父さんだってまだその男のことは知らないはずだし、だから先が思いやられるっていうわけ、離婚するとか再婚するとか秀美は口では簡単に言ってるらしいけど、子供のこともあるしね、まだまだ問題は山積みなのよ、どうなるかわかんないわよ、憲和、恵子姉ちゃんにお風呂早くしなさいって言ってきた？　ちゃんと言ったの？　ほんとにもう、小学生のくせに一時間も二時間もお風呂でどこを洗ってるのかしら、あの子は」

3

秘密の話だ。

武上英夫の秘密の一つは、言ってしまえば本当に他愛ない隠し事にすぎないのだが、妻には内緒の銀行口座を持っていることである。しかもその口座に、武上英夫はギャンブルで貯《た》めた金を少しずつ貯金している。

コカコーラの配達の仕事からタクシーの運転手に転職するまで、彼はまったくギャンブルには縁のない青年だった。それから半年ほどして結婚したときにも、仲人をつとめたタクシー会社の社長が披露宴のスピーチで、武上君は若い運転手の中ではいちばん堅実で仕事一筋だと社内の評判だが、息抜きにせめてパチンコなりと覚えたらどうか、新婦の和恵《かずえ》さんもそれだけは認めてやってほしい、うちの系列にはパーラー何々というパチンコ屋もあることだし、と言って出席者の笑いを誘ったくらいである。新婚当時に一度だけ、その系列のパチンコ屋にはふたりで遊びに行ったことがあった。ほんの一時間足らずで一万円も負けてしまい、帰り道で妻は何度も、何十ぺんも、もったいない、もったいないとおなじ言葉を繰り返した。少々くどいな、と武上英夫は思いながらも、もったいないという点についてはやはり同感だった。

だから結婚後も、しばらくのあいだは、運転手仲間が夜食をとりに集まる屋台ででたとえば競輪の話に花が咲くことがあっても、彼は隅の椅子で黙ってラーメンをすすっていたのだ。だがものには限度ということがあるし、おなじシフトで働く仲間には仲間同士のつきあいということもある。小遣いのうちからたった千円でも賭《か》けてみないかと誘われれば、それももったいないと意地を張れるほど武上英夫は変り者でもない。

そして競輪にしろ競馬にしろギャンブルにはビギナーズラックという言葉がつきものなのだった。ある日彼が初めて買った三通りの車券のうち一枚が当たって、信じられぬほどの払戻しになった。

彼はその十万近い払戻し金を会社のロッカーにしまい込んだ。ちょうど妻の誕生日が近かったので、何か高価なプレゼントでもと考えないでもなかった。でもこんなに高い物を、と妻は目をまるくして驚くかもしれない。これを買うお金はどうしたの、としまり屋の妻に訊《き》かれたらどう答えればいいのか、迷っているうちに次のレースの開催日がやって来て、彼は同僚たちの話に耳を傾けたうえで儲《もう》かったうちから一万円だけつぎ込むことにした。今度は本命だったので5倍程度の払戻しだった。それでも差し引き四万円の得である。「武上、そのうち蔵が建つぞ」と同僚のひとりにからかわれたが、悪い気はしなかった。

翌朝、彼は誰のアドバイスも受けずにひとりでスポーツ新聞を読んで、メインレースに一万円ずつの三点買いを試みた。それがまたしても大当たりで持金の合計が三〇万を超えたとき、この金のことはもう妻には言うまいと彼は決心をつけた。仕事の途中に前売りで買った車券だったので、日を置いて市役所内にある払戻し機で換金し、その足で銀行に口座を開いた。ギャンブルで儲けた金を銀行に貯金したと知れたら笑われそうなので同僚たちにも内緒だった。

貯金通帳と印鑑はいまも会社の個人用のロッカーの奥に隠してある。あれから十何年かの月日が流れて、運転手仲間の顔触れはかなり入れ替わった。四十歳になった武上英夫はいまでもラーメン屋の屋台の隅の椅子を指定席にしているし、夜食をとりに集まった同僚たちのギャンブルの話に積極的に加わろうとはしない。事実、彼はこの十何年かのあいだ、格別ギャンブルに熱心だったわけではないので、仕事で車を流している途中に、気が向けばほんの小遣い程度の金で前売りを買うという姿勢をずっと守っていた。そしてそれが当たれば払戻し金を例の口座に入金するということを繰り返してきた。

その長年の繰り返しの成果はいま通帳に刻まれた金額に現れている。あるいは武上英夫はギャンブルに関して独特の強運を、ないしは独特の自制心を持ち合わせているのかもしれない。ギャンブルでこつこつ金を貯めるという、世間の常識では考えられぬ荒業をやり遂げる才能が彼には備わっていて、それこそが、実は武上英夫の本当の秘密なのかもしれない。

だが本人はそんなふうにはただの一度も考えたことがない。

夜勤明けの人気の絶えた更衣室で、彼はロッカーの奥に隠した通帳をときおり取り出して眺めることがある。使うあてもない金だが、着実に金額が増えていくのは悪い気がしない。ただし同時に、妻に対する秘密が時を経て大きくなりすぎたとも彼は感じている。いまさらこの金のことを妻に打ち明けるわけにはいかない。おそらくこの先も隠し通すしかないだろう。十数年間に、武上英夫の秘密の口座には四〇〇万以上の金が貯まってしまったのだ。正確には総額（利息も含めて）４２２７３２１という数字が通帳には打ち込まれている。

武上英夫の二つめの秘密は、やはり彼の性格の独特な一面、自制心に関《かか》わっている。要するに武上英夫はギャンブルだけではなく生活全般においても行き過ぎを好まないたちなのだ。一言で言えばその秘密は、どこまで自分の欲望を抑えきることができるか、そんなゲームに似ている。だから何も取らない者が勝ちというルールになるのだが、何も取らないで我慢することのなかに自然と密《ひそ》かな楽しみも含まれている。

それは昼夜の区別なく勤務中に来る。

たとえば信号待ちで車を停《と》めて、何げなくルームミラーに目をやる。するとそこに（当然だが）後ろにつけた車のドライバーの顔が映っている。若い女の顔が。もっとも武上英夫が自分よりも若いと見当をつけただけで、実際には三十代の後半くらいなのかもしれない。むこうはタクシーのルームミラーに映った武上英夫の目を見ている。

武上英夫はそのルームミラーに映った女の目を見返す。

信号が青に変わるまでの短いあいだにふたりは何度も目を合わせる。つまり、そのかん相手はこちらを見つめ続けているらしいので、武上英夫のほうで（不意に息苦しくなって）目をそらしても、またルームミラーを見上げるとそこで目が合ってしまう。しかもそれは後ろにつけた車の場合だけではない。信号待ちで真横に停車した車のドライバーとも同様のことが生じる。その場合は、相手の女と武上英夫は車の窓越しに何度も目を見合わせることになる。右側に停車してこちらに近い側にハンドルのある車のときには、ふたりのあいだの距離はいくらもない。先に窓を開ければ呼応するようにむこうの窓も開いて、それでいっぺんに話が通じてしまいそうなのだが、当然ながらそんなことはしない。

信号が変わると武上英夫はもう一度息苦しさを味わいながら車を走らせる。次の角で左へ曲り、後方からさきほどの女の運転する車がついてくるのを確認する。

おれはあの女と寝るだろう、と武上英夫は思う。このまま人気のない場所までタクシーを走らせて停める。後ろの車はどこまでもついてくるだろう。おれは人気のない場所でタクシーを降りて、そばに停まった女の車まで歩き、運転席の窓をこつこつとノックしてやるだけでいい。じきにその窓が下へ降りて、女は言うだろう。

「あたしたち、初めてじゃないわね、何度も会ったことがある」

その通りだ。ふたりは何度もおなじ信号でつかまりルームミラーの中でお互いの目を見つめ合ったことがある。そのたびに自分はいつかこの女と寝るだろうと思っていたのだ。

それはあの女と寝られたらどんなにいいかという曖昧な夢想ではなく、信号待ちの短い時間に必ず、不意にやって来て彼を息苦しくさせる不思議な確信だった。おれはあの女と寝るだろう。だが武上英夫はそう思いながら、もう一つ角を左へ曲り、なおも後方から女の車が追って来るのを確認したあとで、道路際に片手を挙げて立っている人影に目をとめる。そしておもむろにブレーキを踏み込み歩道に寄せてタクシーを停める。客を拾うために。後ろから追いついた女の車がスピードを緩めずにタクシーの横を走り去り、視界から遠ざかって行く。彼は遠く前方を見やってほっと短いため息をつく。どちらへ？　と乗り込んだ客に訊《たず》ねる前に、ゲームオーバーというアルファベット文字の連なりが、いましがた女の車と一緒に窓の外を飛び去って行ったような気がする。本当にそんな気がする。

息苦しさで始まって短い吐息で終わるこの秘密のゲームは、武上英夫の乗車勤務のたびに繰り返される。一日に一度といっていいくらい頻繁にそれは来る。

相手の女はいつもおなじ髪形の若い（少なくとも自分よりは若い）女のようでもあるし全然別人のようでもある。女の運転する車の色は常に真新しい白のような気もするが、おなじ車なのかどうかナンバーまで読み取る余裕はない。いずれにしてもルームミラーで目を合わせた瞬間に、おれはあの女と寝るだろうと彼が確信を覚える事実は動かない。

武上英夫のこの二つめの秘密、言ってしまえば独特の傾向は、あるいは長年のギャンブルにおける強運と、それから遠い昔に遊園地で（後に妻になる）女からうけた思いがけぬ告白とが微妙に作用しているのかもしれない。自分はいつでも、その気になれば欲しいと思ったものを手に入れることも、寝たいと思った女と寝ることもできる、かなりの確率でできると頭の隅で傲慢に思い込んでいるのかもしれない。

その点は認めておいたほうがいいだろう。だが必ずしもそればかりではなくて、この秘密は実は五年前の、放火事件の起こった冬の夜の出来事とも関わっているのだ。

つまり三つめの秘密、これから先はその話になる。

4

消防車のサイレンが聞こえたような気がして武上英夫は耳をすました。

もうこれで何度めかわからない。そのたびに「火事だ」と思って車のラジオの音を小さくしてみるのだが、次第に高まってくる気配のあったサイレンは一瞬にして止《や》んでいる。空耳かもしれない。聞きもしない音を聞いたつもりになっておびえているだけなのかもしれない。

武上英夫は念のため今度はラジオのスイッチを切り、運転席側の窓を開けてみた。分厚い布のはためくような音とともに冷たい風が流れ込んだ。十二月、もうじき年の暮を迎えようとする夜のことである。ダッシュボードの時計は午前一時をまわってい た。いつ雪が降り出しても不思議ではないほど底冷えのする夜だった。サイレンはまったく聞こえなかった。

彼は運転席側の窓を閉め、風になぶられたこめかみあたりの髪を撫《な》でつけながら思った。年末で床屋がこまないうちに散髪に行かなければ、暇をみつけて。……だがやはりどこか遠いところで火事は起きているのかもしれない。どこか遠いところで消防車は走り回り、そのサイレンの音を風がときおり切れ切れに運んで来るのかもしれない。こんどまた聞こえたら、聞こえたと思ったら、無線で会社に問い合わせてみよう。

信号につかまり、右手に白く輝くコンビニの照明を見ながら彼は考えた。何日か前に妻から聞かされた話をよほど自分は気にしているのかもしれない。いつもなら、お喋りな妻の話など右の耳から左の耳へ聞き流してすぐに忘れてしまうのだが。

もう十年も昔、遊園地へのドライブと、それからあとはお互いの結婚披露宴の席とで三度だけ会ったことのある同い年の男。妻に浮気をされ、酔っ払うたびに狂暴になり、自分の家の玄関に灯油を撒いてしまった、かつての腕のいい板前の成れの果て。十年前の若い板前は、日に焼けてひきしまった体つきの、陽気な男だった。

信号が青になり、なおも記憶をたどりながら武上英夫は車を出した。だがそれだけしか憶《おぼ》えていない。あの女事務員とおなじように陽気な男だったこと、あの二人が陽気なカップルだったという印象、それだけだ。男の顔さえよく思い出せない。

マッチの箱を握りしめたまま、男が玄関の上がり口で眠っていたというのはどういうことだろうか。マッチを擦る寸前に酔いに負けて眠りこんでしまったのか、それとも、マッチの箱を握って火をつける決心をしかねているときに、まだ迷っているうちに抵抗できぬほどの眠気に襲われたのだろうか。流した灯油の上に火のついたマッチを落とすこと、それを我慢するにはどれくらいの気力が必要なのだろう。そう考えかけて、武上英夫はブレーキを踏んだ。ふいに暗くなった先の道にガードレールを跨《また》いで立った人影が見える。誰かが通りを渡ろうとしている。横断歩道もない暗い通りを。気力、と武上英夫は車を停めながら思った。生きる気力。浮気をしている妻と二人の子供を抱えて結婚生活を続けていく気力。

だがその人影は通りを渡ろうとしているのではなかった。ヘッドライトがまぶしいのか顔をうつむかせてこちらへ近づいて来る。黒っぽいやけに長いスカートをはいた女だった。

武上英夫はガードレールとの隙間を気にしながら後部座席のドアを開けた。女は両手に鍋のようなものを持っていたので乗り込むのに時間がかかった。そのあいだに運転席からちらりと確かめたところではそれはやはりどう見ても鍋だった。カレーとかシチューとかをたっぷり作れるような煮込み用の鍋だ。女はそれを膝のうえに置いて、自由になった片手で前髪を払うような仕草をした。

「どちらまで？」

とタクシーを走らせながら武上英夫が訊ねた。相手が答えるまでに5秒もの間があり、訊ねたほうは顔をしかめた。

女が告げた行先は車で二十分ほど走ったところにある町の名前で、武上英夫が顔をしかめたのは匂いのせいだった。彼は（自分でもなぜそんなまねをするのかわからずに）もう一度運転席側の窓を開けてみて、消防車のサイレンが聞こえていないことを確認した。そして閉め直したあとでその匂いが車内にこもっていることを知った。微《かす》かに甘い、鼻につんとくる匂い。香水なんかではない。まるで灯油のようだ。ルームミラーで客の様子をうかがいながら思った。まちがいない、これは灯油だ。一瞬目をやっただけなので客の様子はよくうかがえなかった。だがこれは灯油の匂いだ、と彼は確信した。

女が乗って来てこの匂いが車内にこもったので女が運び込んだに違いなかった。しかも女が持っているのは鍋以外になかったのでこの匂いは鍋から来るに違いなかった。つまりこの女性客は煮込み用の鍋に灯油を入れて運んでいるのだ。

何のために？　と武上英夫は考えてみた。どこへ？　もちろんその答は見つからなかった。こんな時間に、タクシーで、灯油を、煮込み鍋に入れて、どこかへ運ぶまともな理由などない。そんなものは金輪際ない。薄気味悪い女だ、と思いながら彼は車を走らせ続けた。

その女はタクシーを降りるときまで口をきかなかった。武上英夫のほうも話しかけようとはしなかった。およそ二十分間の沈黙のあと、タクシーは右手に白く輝くコンビニの照明を見て停まった。右手に白く輝くコンビニは二十分走った町内だろうが一時間走った町内だろうがどこにでもある。女が乗り込んできたあたりと似たような町並みだった。真夜中に煌々《こうこう》と光るコンビニエンス・ストアだけがめだち、そこから少しはずれると人々が寝静まった暗い通りになる。

メーターは四千円をいくらか超えていた。

後ろの座席で、メーターを見て財布を取り出しているのか、もぞもぞ動く気配があった。なにしろこの客は膝のうえに灯油の入った鍋を置いているし、ポケットの財布を取り出すにも一苦労だ、と武上英夫は思った。あのやけに長い黒っぽいスカートのポケットから。……でも、そもそも女性のスカートにポケットなんて付いているんだろうか。漠然と疑問に思いつつ車内灯をつけて走行メモを取った。そこへだしぬけに「ごめんなさい」と女の遠慮がちの声がかかった。武上英夫は思わず振り返って相手のこわばった顔を眺めた。

「ごめんなさい」女が掠《かす》れ気味の声で繰り返した。「これを、鍋の中身を少しこぼしてしまって」

「シートにですか」

「よく見えないけれど、たぶん少しだけ。ごめんなさい、さっきまでしっかり蓋を押さえていたのに、お財布を探してるうちにうっかり……きっと匂いが残ると思うわ」

「匂い」

「これは」女はそこでためらって見せた。「こぼしたのは灯油なんです」

武上英夫は前に向き直ってため息をついた。鍋の中身の灯油がシートに少しこぼれたのならスカートにはもっとこぼれているだろう。

「かまいませんよ」と彼は冷静に言った。こんな薄気味悪い客には早いとこ降りてもらうのが一番だ。「そのまま放っておいてください、あとで処理しますから」

「ありがとう。でも、あたしマンションを出るときにあわててお財布を忘れたみたいで、いくら探しても見つからないんです」

武上英夫はもう一度振り返って客の顔をまじまじと見つめた。あらためて見ると若い女だった。せいぜい二十代の前半というところだろう。シャワーを浴びてざっと乾かしたという感じの短い髪はところどころ逆毛になっていて、顔にはまったく化粧のあとがなかった。鼻の両脇にはソバカスがめだった。それがかえってあどけないと言えば言えないこともない。

見つめられた女の片手は鍋の取っ手を、もう一方の手は鍋の蓋をしっかり押さえていたので、額から眉のあたりまで斜めに垂れた前髪を払うために大きく頭を一振りしなければならなかった。その仕草が武上英夫の目にはなんだか居直ったような感じに映った。

「いまのいままで忘れたことに気づかなかったんです。本当なんです。どうすればいいのかしら」

どうするもこうするも、と彼は思った。財布を持たずにタクシーに乗るのは無賃乗車じゃないか。彼は運転席で前を向いてすわり直し、無線用の送話器に目をやって迷った。こんなときはまず会社に連絡をするように言われている。だがそうする前に状況が変わった。ここから一番近い交番の場所はどこか、ということを思い出しているうちに女が自分で善後策を考えたのだ。

「お願いします、ここでしばらく待っていてください。用事をすませて必ず戻って来ます。それからうちまで乗せてもらって、往復分の料金を払いますから」

「しばらくって、どれくらい待てばいいんです」

「十分か、二十分」

「待ち時間の料金も加算されますよ、一万円を超えちゃいますよ」

「それはだいじょうぶ、一万円くらいならマンションに帰ればお財布の中に」

彼は迷った。こんな客を信用していいものだろうか。灯油を煮込み用の鍋に入れてタクシーに乗るような奇妙な女の言うことを。だが彼女はさっき灯油をほんの少しシートにこぼしただけでも正直に謝った。たとえば、深夜に灯油を切らして困っている友人から、少しだけでも分けてくれないかと電話で助けを求められて、親切で運んでいる途中なのかもしれない。それだけのことかもしれない。よく見ればあどけない顔立ちの、素直そうな若い女だ。裏で何か悪さを企《たくら》んでいるとも思えない。だがそんなふうに見えるのは、あどけない感じに見えるのは、ただ鼻の両脇にめだつソバカスのせいで……。

「何か書くものを貸してください」と女が頼んだ。「名前と電話番号をメモしておきますからそれで信用してください、お願いします、必ずすぐに戻って来ます。手帳か何かありませんか。もし、万が一のことがあっても名前と電話番号がわかっていれば」

「万が一のこと？」聞き返しながら彼は上着のポケットを探った。

女は言いかけたまま黙っている。あちこち探してみたが手帳も、その代わりになるものも見つからなかった。そんなものは持っていない。出て来たのはその日に買った競輪の当たり車券が一枚だけだった。八十四倍もついた大穴を二千円分買っていたのだ。裏返してそこにメモできるかどうか迷っていると女の声が後ろから「高野《たかの》です」と姓だけを名乗り、続けて電話番号を教えた。彼はとっさに鉛筆でその両方を当たり車券の裏にメモした。それからもう一回訊ねてみた。

「万が一のことって、どういう意味ですか」

「それは、べつに深い意味はないけれど」女はしばらく考えて答えた。「ただこんな時間だし、運転手さんのほうでもあたしのほうでも、もし何かあって行き違いになったら困るから。疑っているのなら、そこの公衆電話からいまその番号にかけてみてください、留守番電話であたしの声を聞いて、それでまちがいないってわかると思います」

「そこまでしなくてもいい。お客さんに対してそんなことまでするつもりはないですよ」

とつい答えてしまい、次に五つか六つ数えるほどの長いとも短いとも言い切れぬ沈黙が来て、彼は後部座席のドアを開けてやった。成り行きでそうするしかなかった。

若い女は乗ってきたときとおなじように慎重な動作でタクシーを降りた。それ以上鍋の灯油をこぼさないように。

暗い道の先へ女の後姿が消えてしまうと、彼はコンビニの駐車場にタクシーを乗り入れた。そしてそこで温かい缶コーヒーを買って飲んだ。女が後ろのシートに少しだけこぼした灯油の匂いを気にしながら時間をかけて飲んだ。そのあいだに配車係から二度の要請があり、彼は二度とも賃走中だと断った上で、自分はとんでもない軽率なまねをしでかしてしまったと悔んだ。おそらく高野と名乗った女は戻っては来ないだろう。あの女を信用したのはやはりまちがいだった。顔つきはあどけないけれど、やることが奇妙すぎる。たとえ、夜中に灯油を切らして困っている友人を助けるためだとしても、なにもそれを煮込み用の鍋に入れて運ぶことはないだろう。

三度目の無線が入ったとき、それがなじみの客からの指名だったこともあって武上英夫はようやく決心をつけた。念のためにティッシュペーパーで後ろの座席を拭き、ダッシュボードの上にコンビニで買った芳香剤を置いて、彼はなじみ客の待つ酒場へとタクシーを向けた。すでに女が約束した時間の倍の四十分が経過していた。

5

なじみの客はたいがい酔っていてろれつが回らなかった。

できれば（乗り逃げされた件は省くにしても）若い女が煮込み鍋で灯油を運ぶ理由について、どのような辻褄《つじつま》の合う話が考えられるか誰かに訊いてみたかったのだが、話し相手にも何にもならなかった。おかげでこの夜の出来事は、あとあとまで、女と武上英夫以外の誰にも知られぬ秘密になった。

往復一時間ほどの道のりを走り終えて、午前三時を過ぎた頃、武上英夫の運転するタクシーは左手に白く輝くコンビニの照明を見て停まっていた。左手に白く輝くコンビニはどこの町内にもあるものだが、それは例の高野という女を降ろした町内のコンビニだった。「万が一」という彼女の言葉を武上英夫は思い出していた。もし万が一のことが起こって行き違いになったのなら、彼女はすでにマンションに戻って電話を待っているかもしれない。

そんな馬鹿なことはあり得ない、と思いながらも彼は歩道にある電話ボックスに寄せてタクシーを停めた。

ダッシュボードの時計は三時十五分を示していた。こんな真夜中に電話をかけるのは非常識かもしれないが、煮込み鍋に灯油を入れてどこかへ運ぶことにくらべればいい勝負だ。女に教えられた電話番号に一度だけかけてみて、もしそれがでたらめな番号であればこの件はおしまいにしよう。乗り逃げされた料金は自分で（誰にも内緒に）立て替えることにしよう。当たり車券の払戻し金も入ることだしそのほうがいい。実際のいきさつを会社に話してしまえば、あっというまに同僚たちに知れ渡ってなめられるのがおちだ。

彼は上着のポケットを探り、車を降りようとドアに手をかけた。そのときまたあれが聞こえたような気がした。運転席側の窓を降ろしてみると今度は空耳ではなかった。微かだが、確かに消防車のサイレンの音が聞こえる。「火事だ」とその夜何度目かに思って彼は胸騒ぎを覚えた。数日前にお喋りな妻から聞かされた話のせいに違いなかった。

酔っ払って玄関に灯油を撒いたあげくに眠り込んでしまったどうしようもない男。マッチを握りしめたまま上がり口で眠ってしまったのは、やはり勤め先から女房が帰るのを待っていたのだろうか。彼女が玄関に入ったとたんにマッチを擦る決心を固めていたのだろうか。それとも、何度も何度も迷っているうちに、まだ決心のつかないうちに眠気に負けてしまったのだろうか。サイレンの音はなかなか消えない。消えないどころか次第に高まりつつある。その問題の家がこの近辺だったかどうか、お喋りな妻は話したのかもしれないが彼は憶えてはいなかった。

消防車のサイレンが徐々に近づいて来るほうへ、道の前方へ彼は窓越しに顔を突き出してまともに冷たい風を浴びた。そのせいで後部座席の窓をノックする音に最初は気づかなかった。消防車がこの道をこちらへ向かって近づいている、そう確信したあと、こつこつと窓を叩《たた》き続ける音を聞いて反射的に後ろを振り向き、窓の外に人影を認め、ドアを開けた。

乗り込んできたのは女性の客だった。彼は運転席の窓を閉めながら、息をはずませた女の声がいきなり、

「よかった」

と呟《つぶや》くのを聞いた。聞き覚えのある声だった。

「行き違いになったかと思って心配したわ」

彼は思わず振り返って相手と向かい合った。それがさきほどの高野という女だとすぐにわからなかったのは、印象がずいぶん変わっていたからである。第一に彼女はもう鍋を抱えてはいなかった。

「タクシーが見えないから、がっかりしてたところなの、急用でもできて帰ったのかと思った、でも、なんだか運転手さんとは、もう一回会えるような予感がしたから、歩いて帰るよりも、もう少し待ってみるほうがいいような気がして、本当に行き違いにならなくてよかったわ」

第二に、あらためて見ると彼女はそれほどあどけなくも若くもなかった。せいぜい二十代の後半というところだろう。手足の長い女だという点にもあらためて彼は気づいた。手ぶらの女は両手を使って前髪をかきあげて見せたのだが、その前髪は汗のためか湿っているようだし、事実、あらわになった彼女の広い額には汗が滲《にじ》んでもいた。

「車を出して」と女が頼んだ。頼みながら長いスカートの前を両手で合わせた。その

寸前までスリットが大きく割れて膝小僧のかなり上のあたりまでが覗いていたのだ。

　この寒い晩に彼女はストッキングも履いていない、と彼は思った。しかも汗をかき、息をはずませている、さきほどまでのうつむき加減のおとなしい印象とは打って変わって、声高に喋り、黒いとっくりのセーターを形良く突きあげた乳房を上下させている。

「はやく車を出して」と女が繰り返した。彼は前に向き直ってハンドルに手をかけながら、行き違い、という女の言葉にこだわっていた。いったい彼女は約束の時間をどれくらい過ぎていると思っているのだろう。何時にここに来て、何十分ここで待っていたのだろう。消防車はすでに間近に迫っていた。一台や二台ではない。閉め切った窓を通してもサイレンの高鳴りは耳に突き刺さるように響いて来る。もうじきこの道ですれ違うことになる。何台もの消防車と。彼はルームミラーを見上げて後ろの女と目を合わせた。そのときだ。

「行って」と女がミラー越しに命じた。「はやく」

　彼はアクセルペダルを踏み込み、踏み込んだ瞬間に、不思議な確信にとらえられた。そしてその確信はおよそ二十分後、女の住むマンションの駐車場にタクシーを乗り入れたときにも消えなかった。

　彼女はL字型に建てられた高層マンションの十二階にひとりで住んでいた。マンションの中庭に設けられた来客用の駐車場にタクシーを停めてやると、訊きもしないのに彼女が自分から話し始めたのだ。武上英夫は車のエンジンを切り、運転席の背にもたれてじっとしていた。「あそこの角の十二階に」という声が聞こえたときにもそちらを見上げようともしなかった。

「ねえ、運転手さん」と途中で彼女は言った。「何も訊きたがらないのね」

話を続けながら、後ろの座席で彼女はしきりに耳障りな音をたてた。何か堅いものを擦るような音を。武上英夫は目の端でルームミラーに映った小さな炎をとらえた。

「それならそれでいいの。あたしは本当は、どちらでもかまわない、ここからいますぐに、車でどこかへ連れて行かれても、そのときの覚悟はできてるの。だいいちあたしはタクシーの料金も払ってないんだし、それはあなたのほうが正しいと思うわ。でも、そんな気がないのならそれでもいい。あたしはね、運転手さん、いつ死んでもいいと思っているのよ、やけになってるんじゃなくて、静かな気持で前々からそう思っているの、何なら、いまからあの屋上に上って飛んでみせてもいい、いまここで、運転手さんのみてる前で。べつに一刻も早く死んでしまいたいわけじゃないけれど、いつまでもだらだら生きてるつもりもないから。本当にそう思っているのよ、運転手さん、あたしはあなたたちみたいに普通に生きている人とは違うの、長生きしたいってそればかり考えている人たちとは違うの、仲のいい友人も、家族も子供も、大切に思える人なんて誰ひとりいないし、そんなものを持ちたいとも思わない、この世にしがみついていたい理由なんか一つもないの、そのときが来たらいつでも死んで、骨と灰になるだけ、あたしは一日で世界から消えてしまう、どんな死に方をしてもたった一日で忘れられてしまう、そのほうがいいわ、ねえ運転手さん、百年たって忘れられるのも一日で忘れられるのもおなじことよね、結局はみんな忘れてしまうんだものね、そう思わない？」

武上英夫は答えなかった。彼はただ、女のお喋りをわずらわしいと感じただけだった。まるで口数の多い妻みたいだ。どうしてこの女はすぐにタクシーを降りようとしないのだろう。彼は女を乗せたあの道で、何台もの消防車とすれ違う直前にやって来た確信を、このときもまた嚙《か》みしめていた。おれはこの女と寝ることになる。何が起ころうと、今夜のうちに。

「心配しないで」と女が続けた。「運転手さんに迷惑はかけないから。……もし、あたしとつきあって一緒に死んでくれるというなら話は別だけど、でもそんなことは言わない、運転手さんには奥さんも子供もいるんでしょう？　まだまだ何十年も長生きしたいと思ってるんでしょう？　約束するわ、明日になったら今夜のことは忘れてしまう、あたしは運転手さんの顔も忘れてしまう、だから、お願いだから一緒に部屋まで来てもらえないかしら、お財布を部屋に忘れてきたのは本当なの、待ち時間の料金も合わせて払うつもりだし、それに、正直言うと朝までひとりでいるのは不安で、今夜だけは、そばに誰かにいてもらえると助かるような、そんな気分なの。言ってることが無茶だってことは自分でもわかってる、いまさら、あなたにどう思われるか気にしても仕方がないわ。こうしましょう、あたしが先に部屋に上がって行くから、あとは運転手さんが自分で決めて、あとのことはあなたの好きにして、たとえどうなっても、あたしは決して文句は言わないから。それでいいかしら」

何べんも何べんも続いていた耳障りな音がそこで止んだ。しばらくして、ルームミラーの中に灯《とも》っていたライターの最後の炎が消えてしまうと、彼は客席のドアを開けてやった。

「ねえ、運転手さん」タクシーを降りる前に彼女は言った。「本当に、あなたの好きなようにしてくれていいのよ」

6

その夜のうちに立て続けに五件の放火事件が起こったという記事を、武上英夫は翌日の朝刊で読んだ。五件のうち四件までが一つの町内で集中して起こり、そこからかなり離れて発生した残りの一件が、どうやら例の高野という女を二度目に拾った町内での出来事のようだった。ただし「連続放火」という見出しのわりには曖昧な短い記事で、詳細については何も読み取れなかった。五件の火災の程度についても、五件全部に関連性があるのかどうかについても新聞を読んだ限りでは不明だった。

　地元で起きた事件ならどんな小さな事件でも詳しく報道するはずの新聞を買って読めば、また別の発見があったかもしれないのだが、武上英夫はそこまではしなかった。街の噂にくわしい同僚に探りを入れるようなまねも慎んだし、もちろん、怪しい女について警察に通報するつもりもさらさらなかった。警察のほうから、ゆうべ怪しい客を乗せなかったかと調べに来ることもなかった。とにかく翌日は何もしないし何も起こらない一日だった。唯一彼の取った行動は、当たり車券を換金していつもの口座に預金したことである。車券の裏にメモした電話番号を何かに書き写すことさえしなかった。二度と会うことはないと思っていたし、会うつもりもなかったので書き写す必要がなかったのだ。

　そしてそれから五年が過ぎた。

　武上英夫はいまだにあの晩の出来事を誰にも打ち明けたことがない。

　武上英夫の一つ年上の妻は相変わらず口数が多く、いまでもたまに昔の同級生の噂をどこからか仕入れて来ては、秀美がね、と切り出すことがある。

「秀美がね、名古屋からひとりで戻って来てるの、それで、とりあえずは実家に戻ってるんだけど、やっぱり大変だったらしいわよ、お父さんと」

そう、彼のかつての同僚であった女は五年のうちに名古屋に移り住んでいたのだった。あれから彼女は父親と弁護士の助けを借りて強引に離婚を成立させた。それからまもなく両親の反対を押し切って、実家に二人の子供を置いたまま、中華料理店のコックと名古屋へ駆け落ちしたのだ。だが、その後の話についてはもう彼は関心を失《な》くしている。妻のお喋りを右の耳から左の耳へ聞き流してじきに忘れてしまう。灯油を玄関に撒き散らして、火をつける前に眠りこんでしまったドジな板前はいまごろどうしているのかと、ときおり考えてみることもあるにはあるのだが、それも長くは続かない。

彼は今日もタクシーを走らせながら、ルームミラーの中に自分を見つめる女の目を探している。そして例のごとく、不思議な確信が訪れて、秘密のゲームが開始されるのを待っている。本当のところを言えば、彼は五年前の冬の晩、あの女と自分が実際に寝たのかどうかすら曖昧にしか憶えていない。もちろん彼はあの女と実際に寝たのだ。あの女を追ってマンションの十二階まで上り、あの女の暗い寝室で、気のせいか微かに灯油の匂いの染み込んだあの女の体を抱いたのだ。しかもあの女の体を抱きながら不意に彼はこうも思った。もし彼女がいま真剣に、一緒に死んでくれと頼めば自分は断れないかもしれない。あっさり一緒に死んでしまうことができるかもしれないと。ほんの束《つか》の間《ま》、ルームミラーに映ったライターの炎のように、そんな考えが頭の隅に浮かんだのだが、彼はもうそれも忘れかけている。

だからもし、万が一彼が秘密のゲームに負けるときが来るとすれば、それはもう一度だけ自分を抑えきれずに行きずりの女と寝て、今度こそ、彼女の頼み事を静かに聞き入れてしまうときなのかもしれない。

別に一刻も早く死にたいと思っているわけではないし、妻や子供たちを大切に思わないわけでもないのだが、彼は心のどこかに、この世にたいした未練があるわけではなく、自分はいつ死んでもかまわないのだという覚悟を眠らせているのかもしれない。少なくとも、いつまでも長生きしたいと、そればかりを望んではいないのかもしれない。

事実、彼は妻には内緒の銀行口座のことで、しばしば空想してみることがある。自分が死んだあと、四〇〇万を超える数字の打ち込まれた通帳を見つけて妻は目をまるくする、そのとき彼女はどんな気持になるのか、秘密を隠し通した夫を責めるだろうか、生命保険の他にこんな大金を残してくれたと感謝するだろうか、いずれにしても四〇〇万もの金を貯めた方法については首をかしげるだけだろうし、いくら考えたところで妻にその謎《なぞ》が解けるはずはないのだが……。つまりは彼はすでに自分が妻よりも先に死ぬものと決めてかかっているのだ。

いつか、近いうちに彼はゲームに負けて、寝るかもしれない。それは取りも直さずいつか、近いうちに死ぬかもしれないという意味を含んでいるだろう。実はその点こそが、彼の正真正銘の秘密なのかもしれない。言ってしまえば彼は連日、行きずりの女との一歩踏み誤れば死に至るゲームを繰り返していることになる。そういうことになるのだが、いまのところ本人は、今年四十歳になるタクシー運転手である武上英夫は、ただの一度もそんなふうに考えたことはない。

そのとき

I

夕方六時過ぎにいつものように帰宅して、夫は台所のテーブルに置かれた妻の手紙を読んだ。

Ａ４サイズのワープロ用紙に印刷された十行ほどの文章だった。彼はその手紙には直接手を触れずにほんの少しだけ身をかがめて、まだ右手に鞄《かばん》を持ったまま、左手でネクタイの結び目をほどきながら二度読み返した。

『宗雄《むねお》さま

今日は一日曇り空でうっとうしくて掃除と洗濯物をかたづける予定が結局ビデオを二本も借りて来てそれを見て過ごしてしまいました。家庭教師の予習はいつものようにすっかり済ませていたのでお昼頃からずっとビデオを見ていました。一本めはかなり面白かったのであとでもういちど見てもいいと思っています。一緒に見たらあなたはきっとここで笑うだろうと思う場面が三つくらいありました。きっと笑うわよ。御飯はスイッチを入れれば炊けるようにセットしてあります。冷凍庫の中にはいつもの献立が揃《そろ》っています。気がすすまなければピザを頼んでもかまいません。あなたがそうしたいのなら私は本当にピザでもかまわないので私の分を取っておいてください。いつものように九時までには帰ります。

みどり』

いつものように、いつものように、と二度呟《つぶや》きながら山田《やまだ》宗雄は炊飯器のスイッチを入れると、少し迷ってから妻の置手紙をまるめて台所のごみ箱に捨てた。それから寝室へ行って着替える前にリビングに寄り、今年の初めに買い替えたばかりの三〇インチのテレビと向かい合いソファに腰をおろした。

膝の高さの硝子のテーブルの上にレンタルビデオ屋のケースに入ったビデオテープが二本載っている。蓋を開けてそれぞれのタイトルを確かめ、さきほど読んだ妻の手紙の一節を――「きっと笑うわよ」――思い出した。どちらもアメリカ映画のようだ。三度も笑えるというのはどっちだろう。今夜妻と一緒に見ることになる映画はどちらのほうだろう。そう思ったとき電話が鳴った。

電話はリビングの入口脇の飾り棚の上に置いてある。妻の希望で設定したコオロギの音のような低音のコールが二度鳴り終わらぬうちに、彼は立ち上がって受話器を耳にあてることができた。その位置で電話を使うとこれも妻の趣味で壁に掛けた鏡と向かい合うことになる。聞こえたのは妻の声だった。

「よかった、帰ってたのね」

「どこからかけてるんだ」

「テレビはついてる？」

「いや」夫は鏡の中の、窓際の新型テレビのほうへちらりと目をやった。「生徒の家からかけてるのか？」

「いまニュースを見てたら新聞社のビルから人が飛び降りたというので驚いてしまって、それでなんだか心配になって電話をしたんだけれど、でもよかったわ、いつもの時間に帰れたのね」

「ああ」とだけ夫は答えた。

「本当によかったわ。警察が調べているというし、急に胸騒ぎがして、あなたが働いてるビルから人が飛び降りるなんて、何か不吉な予感がして仕方がなかったの」

自殺だ、とあっさり言ってしまえばすむことを山田宗雄は言い渋った。

「生徒の家にいるのか？」

「ええ、そうよ、家の人と代わりましょうか？」

「そんなことはしなくていい。生徒が待ってるんだろう、いちいち電話をかけてくるほどのことじゃないんだ」

「だったらもういいの、本当にあなたは何でもなかったのね？」

「なあ」と言いかけて山田宗雄は受話器に手で蓋をしてそっとため息をついた。「いつもの思い過ごしだよ。うちのビルで自殺があったらどうして僕が帰れないと思うんだ？」

「わからないわ、ただニュースを見てたら急に心配になって、胸がどきどきしてきて」

「それが思い過ごしなんだ」

「そうね」

「だいいち飛び降りたのは」そこで思わず喉を詰まらせて、最初から言い直さなければならなかった。「だいいち飛び降りたのは女性じゃないか」

「ええ、そのことはわかってるんだけど」

「もう話はあとにしよう、帰ったばかりでまだ着替えてもいないんだ」

「台所のメモは読んでくれた？」と妻が声をひそめた。

「ああ」

「あなたがピザを頼みたいなら好きなようにしていいのよ、あたしは本当にかまわないの、別にどうしても御飯が食べたいわけじゃないし、研いであるお米は明日の朝に炊いてもいいんだから」

「わかってる」

受話器を置いたあとで目を上げて、額縁入りの鏡に映った自分の顔がみにくく赤らんでいるのに山田宗雄は気づいた。あの女なら一目でおれが嘘《うそ》をついたと見抜くだろう。さきほど緩めた結び目に力をこめてネクタイをはずした。着替えるためには二階の寝室へ行かなければならないのだが億劫《おっくう》だった。

山田宗雄はもう一度ソファに腰をおろしてため息をついた。それから電話で妻に言った言葉を思い出して——「だいいち飛び降りたのは女性じゃないか」——いっそう顔が火照《ほて》るのを感じた。だがやはり妻の心配は思い過ごしなのだ。あの女の自殺と自分とを結びつけるものは何もない。少なくとも誰も気づく者はいない。いつものように、これまでと同様にこれからも、いつものようにわれわれ夫婦二人の生活は続いて行くだろう。

目の前の硝子のテーブルにはレンタルビデオ屋のケースに入ったビデオテープが二本載っている。今夜妻と一緒に見て三度笑うことになる映画はどちらだろう。そう思ってみたが首筋から這《は》い上がる火照りはしずまらなかった。そのときが来たらいつだって飛んでみせる、死ぬのは怖くないとあの女は口癖のように言っていたのだ。彼は駐車場のコンクリートの地面にくっきり浮き出た人型の染みを思い出した。その記憶を振り払おうと苦労したあげく、次に彼が思い出したのはワンピースの水着につつまれた女の伸びやかな肢体だった。それからあとはもう抑えがきかず、いまのいままで忘れていたはずの、彼女のイメージや言葉の数々が一気に吹き出すようによみがえった。

山田宗雄は両手で顔を覆い、それらのイメージや言葉の数々が消え去るのをじっと待った。ネクタイを持ったまま両手に顔をうずめて長いあいだ動かなかった。

2

夕方五時過ぎに、山田宗雄はいつものように勤め先のビルの一階の裏口から駐車場へ出た。

午前中に経理部の窓から見下ろしたとき停《と》まっていたパトカーはすでに姿を消していた。けれどそれがどのあたりかおおよその見当はついていたし、開いたまま固定されたドアから外の駐車場へ一歩踏み出したとたんに、彼女が落ちた場所はすぐに正確に知ることができた。

裏口のドアを出て左手へ、駐車場のスペースがブロック塀でさえぎられるところまで歩いて自分の車に乗り込むのが毎日の習慣なのだが、その少し手前で数人の人影が円陣を組むようにして立っているのが目に入った。彼らは揃ってうつむいていたので、まるで円の中心に向かって黙禱《もくとう》しているようにも見えたのだが近づいてみるとそれは違った。山田宗雄がそばを通りかかると、輪の中のひとりが顔をしかめながら、見ろ、というように合図を送った。両手をズボンのポケットに突っ込んだその男は顔見知りの記者のようだがとっさには思い出せない。男が顎で示したほうへ、山田宗雄は視線を落とした。そしてコンクリートに白っぽく浮き出た彼女の痕跡を見た。

「ブラシで擦《こす》ったんだ」とその男が言った。「管理の人間が、血の跡を消そうとして、ごしごし擦りすぎてこうなったんだ」

山田宗雄は顔をそむけた。見なければよかったと後悔しながら、首の付根が痛くなるほど顔をそむけた。

「血は消えたが、この人型はどうするんだ」と男は続けた。「まるで地面に伏せて泣いてるみたいだ」

写真を撮って記事にしろよ、と誰かが答えたがむろん誰も笑わなかった。

山田宗雄は自分の車の運転席で震える手でキーを差し込んだ。円陣を組んでいた男たちが一人二人と立ち去るのをフロントガラスを通して眺めた。あの記者連中にどう挨拶をしてこの車まで歩いて来たのか思い出せなかった。挨拶などしなかったのかもしれない。黙りこくって立ち去る後姿が普通ではないと彼らは気づいただろうか。だが、そもそもあんなものを見せられて普通でいられるわけがない。むしろあの場所で冗談を言える記者のほうが異常なのだ。

山田宗雄はまだ微《かす》かに震える手でハンドルをつかんで車を出す前に、昼休みの電話のことを思い出した。

誰かが十階から飛び降りたらしいという知らせが経理部に伝わって来たのは、その瞬間から一時間もたったあとのことだった。山田宗雄も他の社員もその瞬間には普段通りに仕事をしていて気づかなかった。駆けつけた二台のパトカーもサイレンすら鳴らさなかったのですべては静かな成り行きだった。一時間前に誰かがこのビルの十階から身を投げた、自殺だ、若い女らしい、その知らせはまるで他所《よそ》の街の噂話《うわさばなし》を伝えるように間延びしていて現実味が薄かった。窓から駐車場の現実を見下ろした社員たちのあいだにも動揺は生じなかった。彼らは普段とおなじように昼休みを過ごし昼食をとった。

山田宗雄が知り合いの記者に電話をかけてみる気になったのも、行きつけの定食屋からの帰り道でのことだった。出張経費の精算の件で何度か押し問答をしたことのある、そして何度か無理な言い分を聞き入れてやったこともあるその記者は、実はいま出社したばかりで自分もよく事情は知らないと言い、取り立てて理由も訊《たず》ねずに、調べてからあとでこちらから連絡すると請け合った。

その電話は二時間もあとに経理部の彼の机にかかって来た。若い女といってもそれほど若くはない、と相手は開口一番に言った。二十九だ、二十九の独り暮らし。

「名前はたかのよしえ、高い低いに野原の野、よしえは良いことが重なる」

そして記者はようやく訊ねた。

「高野良重、この名前に心当たりでもあるのか？」

「いや、ない」

まともな応答に記者は鼻白んだようだった。電話を切ったあとで山田宗雄は周りを見渡して、同僚の誰ひとりとして自分に注目していないのを確かめた。誰もおれのプライベートなことになど関心を持たないし、このビルから飛び降りた女のことなどもう忘れている。あの出張経費にだらしのない記者だっていまの電話のことは切ったとたんに忘れてしまうだろう。

山田宗雄は席を立って廊下に出るとハンカチで両手と額の汗を拭った。どこかで独りになりたかったが行くあてはなかった。彼は電話の声を思い出しながら――「よしえは良いことが重なる」――行くあてもなく廊下を歩き、エレベーターの前を通り過ぎて非常階段のほうへ向かった。一階まで降りてまた上ってくるまでには少しは気分も落ち着くかもしれない。

人気のない階段を降りてゆきながら彼は思った。よしえは良いことが重なる。あれは冗談のつもりだったのだろうか。

腕時計は四時を差していた。退社まであと一時間。今日は月曜で妻が家庭教師に出かける日なのでそれだけが救いだ。いつものように帰宅して玄関先で妻と顔を合わせなくてすむ。ひとりで妻の帰りを待つあいだに気分も落ち着くだろう。いまよりはかなり落ち着いているだろう。そのことが何よりも救いだと彼は思った。

3

最初に外の異様な気配に気づいたのは妻のほうだったし、それが一時間ほどあとにおさまって深夜の静けさが戻ったとき、恐ろしい考えを口にしたのも妻が先だった。

夫婦は二階の寝室でそれぞれのベッドに横になって、一時間ほど前に町内の目と鼻の先で起こった火事を話題にぽつりぽつりと語り合っていた。火事といっても正確にはぼや程度のもので、被害にあった家の玄関の扉が焼けただけで鎮火したのだが、たったそれだけの火事にしては集まった消防隊員や警察官の数も、それから遠巻きに見守る野次馬の数も目を見張るほどで、サイレンや怒号や水しぶきの音につつまれて町内は一時騒然といった感じだった。その光景が目に焼き付いたせいで、夫婦は自宅の寝室に戻ったあともなかなか眠れなかったのだ。

火の気のない玄関から出火してそこだけ焼けたのは放火の可能性が大きい。そんな声はすでに野次馬のあいだからも上がっていたし、それぞれのベッドに横になって語り合う夫婦の考えもその点では一致していた。だがいつまでも話し込んでいるわけにはいかない。時刻は深夜というよりもむしろ明け方に近かった。ベッド脇のテーブルの照明を消したのは夫のほうだった。そして暗がりの中で妻に背中を向けて寝返りをうち目をつむりながら、さきほどから頭の隅に浮かんでいる恐ろしい考えをもうそれ以上考えまいと努めた。そのとき妻の声が聞こえた。

「本当は」とそこで掛布団を引き上げたのか残りはくぐもった声になった。「うちが狙われたのかもしれないわ」

山田宗雄はすぐには答えなかった。妻の言葉と、さきほどからの自分の考えとで混乱して、とっさに相手の真意がつかめなかったからだ。だがやがて彼は思い当たった。妻は妻で自分じしんの過ちに引きつけて恐れているのだ。

「あの男か」と山田宗雄は低い声で訊ねた。

返事は聞こえなかった。彼は妻のほうへもう一度寝返りをうって言い聞かせた。

「馬鹿なことを考えるな。すっかり片がついてると言ったのはきみじゃないか。そのためにわざわざ塾の仕事まで棒に振ったんだろう、その話は夫の僕が承知しているし、それなのに何をいまさら怖がることがあるんだ」

「だって」と半分涙声で妻が答えた。「おなじ町内で、おなじ名字なのよ、百メートルも離れてはいないのよ、きっとうちとまちがえたんだわ」

彼はすぐには妻の考えを打ち消さなかった。ついさっきまでおなじようなことを考えていたのだ。

「山田さんの旦那さんも奥さんも人に恨まれるような人じゃないわ、きっと心当たりはないと言うに決まってる」

「放火する人間は誰かに恨みを持ってその家に火をつけるとは限らないよ、たまたまあの家が選ばれたんだ、あの家がうちより運がなかっただけだ」

「だけどクリスマスに」と言いかけて妻がすすりあげた。

「クリスマスに？」

「クリスマスには一緒にいたいって、そんな子供みたいなことを喋《しゃべ》ってたの、あたしは取り合わなかったんだけど、むこうは勝手に思い込んで、クリスマスになんか一緒にいられるわけないのに」

「あれ以来何かあったのか」

「何かって」

「一度でも電話がかかって来たか？」

「ううん、何もない」

「思い過ごしだ」と彼は言い捨てた。「放火する家をまちがえるなんて、そんな馬鹿げたことが起こるわけない」

「そうね」

「ああ、そうに決まってる。朝になってから冷静に考え直してみるといい、きっと」

「ねえ」妻が囁《ささや》き声でさえぎった。

きっと思い過ごしだったと苦笑するに違いない、彼は心の中でそう呟いてベッドを降りた。そして隣のベッドに滑り込みながら、だが、妻の場合はそうでも果たして自分の場合は本当に思い過ごしと言えるだろうかと疑ってみた。おなじ町内の、おなじ名字の家。しかもおなじように道の角に建つ家なのだ。あの女ならやるかもしれない。気まぐれで何をしでかすか予測もつかないあの女がもし、うちに火をつけようと考えついたのなら、あるいはまちがいは起こり得たかもしれない。

クリスマスには一緒にいられるかと、彼女もまた子供みたいなことをしきりに訊ねたのではなかったか。その約束をこちらから一方的に破ってしまったのではなかったか。ベッドの中で妻の身体《からだ》を抱き寄せ、腕枕《うでまくら》をしてやりながら彼はそんなことを思い出した。だがこれ以上思い出すのはやめておこう。朝になって冷静な頭で考え直せば、やはり思い過ごしだったと苦笑することになるかもしれない。

まもなく妻は寝息をたてはじめた。明ければ十二月二十四日の朝だ。乾ききらない妻の涙が、寄せあった頰に伝わってそこを温かく湿らせている。そのことを意識しながら夫もまた眠りに落ちていった。

4

ダイエーの買物袋から卵を冷蔵庫に収めていた女がいきなり振り返って、言葉の先をうながすような目つきで彼を見据えた。

長くなるかもしれない、とうつむきながら山田宗雄は思った。面倒が起こるかもしれない。腕時計にはついさっき目を落としたばかりなのでまだ六時を過ぎていないことはわかっている。なんとか七時までに帰宅できれば、適当な言い訳を考えて妻を心配させずにすむのだが。

冷蔵庫の扉が閉まった。卵だけを取り出した買物袋はそのまま床に放置されている。女はテーブルをはさんで彼の正面に腰かけた。小さな正方形の、備えつけの椅子が二つしかないテーブルだった。向かい合ってすわると互いの膝が触れ合うほど幅が狭く、二人用というよりもむしろ独り暮らしに適したテーブルだった。

「悪かった」と山田宗雄はさきほどの言葉を繰り返した。

小さな正方形のテーブルに釣り合ったスペースの台所には、換気扇が一つついているだけで窓と呼べるものがなく、すでに蛍光灯がともされている。八畳分ほどあるリビングへ移動すればこの息苦しさも多少は和らぐだろうし、ここへ上がって来る前にマンションの駐車場で気づいた美しい夕焼けの続きが見られるかもしれない、そう思ったけれどむろん彼女を誘いはしなかった。

「それほど深刻ぶることでもないわ」と彼女が言った。「先週は一度約束をすっぽかして、今日は今日でまた、来週の旅行は取りやめたいとあなたは言う。それってつまり、こんなふうに会うのはもうやめようという提案でしょう、違う？」

はじまった、と他人事のように彼は思った。

「だったら簡単にそう言えばいいのに」

「そんな話をするつもりは、今日はなかった」

「嘘よ」彼女は笑い声になった。「ねえ、あたしはいつ死んでもいいと思ってるのよ、初めて会ったときからそう言ってるでしょう、あなたはまだあたしの言うことを信じてないの？　いつでもあなたの都合のいいときに消えてあげられるのに、めったに見つからないような便利な女なのに、どうしてそんな月並みな、その場しのぎの嘘をいくつもいくつも重ねるの」

「またその話か」

「またその話よ、あたしはいつでも死ぬことを考えてるわ」

テーブルの脚のそばからもう一つ別のビニール袋を引っぱり上げ、その中から彼女は平たい箱を取り出して見せた。見せるだけのつもりだったのかもしれないが、なにしろ幅の狭いテーブルなのでその箱は彼の指先に当たり、勢いで彼女から手渡される形になった。それは石鹸《せっけん》だった。半ダース入りの浴用石鹸の箱だった。

「普通の女なら迷わずにそれを買うわよ。半額で売ってるんだから。あなたの奥さんなら喜んで二つ買うかもしれない。いつ死んでもいいなんて考えていないでしょうからね、先のこと先のことを予定して普通の女は買物するのよ。でもあたしはそれを買うのにためらったの、ダイエーの売場で十分も二十分も考えたの、あなたと会うのはけっこう楽しかったし、これからも何か面白いことが起きるかもしれない、クリスマスがあってお正月が来て、ひょっとしたらめったにない楽しいことが起こるかもしれない、半ダースの石鹸を使いきるくらいなら生きてていいかなんて。馬鹿みたい。もうそんなもの要らないからあげるわ、持って帰って奥さんを喜ばせるといいわ、結局こういうことなのよ、人に会えば不幸になる。いくら楽しいことがあっても、いつかその倍はつらいことを背負い込むことになると決まってる。誰にも会わずに独りで死んだほうがよっぽどましだわ」

「僕と出会って不幸になったというのか」

そんな芝居がかった台詞《せりふ》を口にしながら、山田宗雄はその場にそぐわないことを考えていた。確かに妻は、というよりも自分たち夫婦は先のことを予定している。ゆうべ届いたばかりのビデオデッキの説明書を熱心に読んでいた妻は、冬のボーナスが出たら次は三〇インチ画面のテレビを買う相談を彼に持ちかけた。

「誰と出会ったって人は不幸になるのよ。それを持って帰って」

「こんなもの持って帰れない。石鹼を半ダース買ったということはそのぶん生きるつもりだったんだろう、半ダース使いきった頃にはまた何かいいことが起こって、もう半ダース買ってみる気になるかもしれないじゃないか」

「また嘘をついたわね」女が笑顔をつくった。「いまあなたは、おれと別れたらこの女は本当に死ぬかもしれない、そこのベランダから飛び降りるかもしれないと心配したんだわ。あたしが泣いたり拗《す》ねたりすると期待してたんでしょう？　それが何もないものだからあなたは心配してるのよ、この女はほっといたら何をしでかすかわからないと心の底で思ってる」

「事情が変わったんだ」彼は言い訳をした。「妻が塾の仕事をやめてしまって毎日家にいる、だから次の仕事が見つかるまでは」

「聞きたくないわ。もう誰にも会いたくないし、誰の話も聞きたくない」

彼も先を続ける気をなくしていた。約束を破った言い訳をすること、事情を説明すること、小さな嘘を重ねること、それらの区別が自分でもつけにくい。これ以上女の笑顔に見つめられるのは気がすすまなかった。とにかく、今日のところは帰る、と呟いて彼は椅子を引いた。あるいは今日で最後になるかもしれない、今日で最後にできればそれが一番なのだと思いながら。

玄関へ向かうためにリビングを抜ける途中で、山田宗雄は窓を覆ったレースのカーテン越しに遠方の夕焼けを見たような気がした。おれが帰ったあとで彼女はあの濃い空の色に気づくだろうか。玄関で靴を履いているあいだも部屋のなかで人の動く気配はなかった。

半ダースの石鹸を使いきるまで生きてみれば、とドアを開けて彼は思った。もう半ダースを買ってみる気を起こすほどの、些細《ささい》な楽しみくらいは生まれる。そういうものだ。そういうふうにしてあの女は、いつでも死んでみせると言いながら三十になっても四十になっても生き続けるに違いない。彼女の部屋のドアを最後に閉めながら山田宗雄は自分じしんにそう言い聞かせた。

それが十一月なかばの出来事だった。

5

山田宗雄は台所のテーブルで出前のピザを食べていた。チーズを多めに載せたのと載せないのと試しにハーフ&ハーフで注文したので、一切れずつ交互に食べながらマグカップにいれた紅茶を飲んだ。

　時刻は夜の十一時をまわっていた。

　三十分ほど前に帰宅して、二階の寝室で部屋着のシャツとズボンに着替えると彼は電話でピザを頼んだ。他には何もしなかった。いつもなら風呂を沸かして妻の帰りを待つ手順になるのだが、そのことをすっかり忘れているわけではなかったのだが動くのが面倒だった。シャツの袖をまくりあげ、両肘をテーブルについただらしない恰好《かっこう》で彼はピザの切れ端をかじり紅茶をすすった。夜の台所は静かだった。冷蔵庫の唸《うな》りが際立つほど静けさにつつまれていた。

　それなのに妻が玄関のドアを開け閉めする音を聞き逃したのは、やはり彼があの女のことを考えるのに夢中になっていたせいである。妻のほうで大きな音をたてぬようにとの配慮があったのかもしれないが、いずれにしても彼の頭はあの女のことで占められていて、たとえ冷蔵庫のたてる音が途切れたとしてもそれにも気づかなかったに違いない。この晩の彼は幸福に酔っていた。できればその幸福をもっとむさぼりたかったし、いまからでもあの女のマンションに引き返してもう一度あの女を抱きたいと、そればかり考えていた。ベッドの上で女にほめられるのは（そのたびにほめられるのは）彼には初めての経験だった。妻がそんな言葉を口にしたことは一度もなかった。

妻はそんな女ではない。

だが……、と彼は右手にピザの切れ端を左手にマグカップを持ったまま、冷蔵庫に磁石で留めてあるごみの収集日のカレンダーにうつろな視線を投げかけながら思った。だがいつまでもこんな幸せにうつつを抜かしているわけにはいかないという分別も、わずかだが頭の隅っこにはある。妻が学習塾の仕事で出かけている時間に女と会い、必ず妻よりも早く帰宅してアリバイを作るようなまねをいつまでも続けていくわけにはいかない。

テーブルの上には妻が準備した料理がラップをかけて並べてあった。ピザなんか頼まずにこれに（電子レンジで温めて）手をつけるべきだったし、そろそろ風呂も沸かさなければならない。そう思いながら彼はもう一口ピザをかじった。おそらく自分でも知らずに気が緩んでいるのだ。帰宅して郵便受けの中に新規開店の宅配ピザのチラシを見つけ早速電話する。まるで独身者のようにふるまったのは、所帯じみた晩飯に目もくれなかったのは、今夜は分別よりもあの女のせいで浮き立つ気分のほうがうわまわったからで……。そのとき妻が台所の入口に立っているのに山田宗雄は気づいた。

最初に、妻は怒るだろうと彼は思った。それから宅配ピザの箱に目をとめて一気に不穏なものを感じ取るかもしれない、すべてを見抜かれてしまうかもしれないと先を不安がった。ショルダーバッグを肩からはずした妻は、四人掛けのテーブルの夫の隣の椅子に大儀そうに腰をおろした。

「疲れただろう」と取りあえず夫は言葉をかけた。「これはピザだ。帰ったらチラシが入ってたので頼んでみた」

「そう」と妻が答えた。

「ああ、店はどこにあるのか知らないが二十分で持って来た。便利は便利だよ。食べてみるか？」

「おいしそうね」

本気でおいしそうと思っているような顔つきではなかった。何か面白くないことを考えているようだったし、姿勢よく腰かけたきりいつまでたっても口を開こうとしないので、夫は食べかけのピザを置いて立ち上がった。

「風呂を沸かすのを忘れてた」

そして浴室でバスタブをざっと洗い流している最中に、山田宗雄は背後に妻の気配を感じて驚くことになった。浴室まで追ってきた妻に何と話しかけていいのかわからないので彼は振り向かなかった。するとだしぬけに、妻が彼の背中を抱き締めて、いままで五年間の夫婦生活で一度も聞いたことのないような切ない声をあげた。

それは突然の浮気の告白だった。質問をはさむ暇もなく一方的に妻が喋るのを、彼はシャワーのノズルを握りしめたまま黙って聞いた。相手は勤め先の学習塾の同僚の教師だということだった。いつから、と彼が疑問を抱く前に、今年の夏という言葉が妻の口から洩《も》れた。それで彼にはだいたいの想像がついた。とにかく、と混乱した頭で彼は妻に頼んだ。

「放してくれないか、シャワーが止められない」

「ごめんなさい」となおも背後からすがりついて妻が謝った。「あなたばかりに不便な思いをさせて、毎日まいにち冷たい食事をさせて、こんなことはもうやめるわ、ほんとうに、心の底から悔やんでいるわ」

「話はあとだ」と彼は答えた。「あとでゆっくり聞く」

だがその夜、山田宗雄は久しぶりに妻を抱いただけで詳しい話を聞くことはしなかった。もうやめる、と妻が言えばその言葉は信頼できた。そういう女なのだ。それよりも彼は一晩にふたりの女と寝てしまった自分のふしだらさに呆《あき》れ果てていた。こんなことこそ、もうやめなければならない。

ベッドの上であの女がほめてくれたことを、彼は妻にも時間をかけて試みたのだが、予想通り妻はそのことには一言も触れなかった。腕枕に伝わって来る妻のいくらか荒い呼吸を感じながら、彼は先の人生へ思いをめぐらせた。そしてその先の人生においてはベッドの上のことはそれほど重要ではない、少なくとも一番重要ではないと結論づけた。

妻とあの女と、どちらかを選ばなければならないとしたら、自分はやはり、妻がそうしたように夫婦生活のほうを選択するだろう。その点はいくら考えても揺るがなかった。なにしろ、いま肝心なのはこれ以上の混乱を家庭に持ち込まないことだ。自分の秘密はこのまま妻に隠し通したまま揉《も》み消してしまわなければならない。つらい別れになるかもしれないがあの女とは是が非でも別れなければならない。

彼はベッド脇のスタンドの灯《あか》りを消そうとしてためらった。腕枕に妻を休ませたまま、できたらこのままの姿勢で、反対側の手を伸ばしてスイッチを切りたいのだが届きそうにない。ほんの二時間前に台所のテーブルで嚙《か》みしめていた幸福を忘れて、山田宗雄はそんなことをしきりに迷っていた。

それが十月の最初の週の出来事だった。

6

山田宗雄はカローラの運転席で今日一日の幸福に酔っていた。

隣の助手席でラジオのFM局から流れる歌に合わせてハミングしているのは、ほんの数週間まえに知り合ったばかりの女だ。

妻とおなじくらいの年の女が、しかも先月までは街で会ってもただすれ違うだけだったはずの女が、いま、普段妻がそこにすわっているときよりもよほどくつろいだ表情を見せている。そう考えると彼はいささか不思議な思いにとらえられた。

　車で二時間ほどかけて海水浴に出かけた帰り道だったので、助手席の女の髪はその名残りをとどめてほんの少し乱れていたし、色白の顔はまだらに赤らんでいた。信号待ちのたびに彼は隣を振り向いて、昼間砂浜で見た彼女の水着姿を思い返した。日頃から体重に気をつかっている妻とはまったく違った体型の、伸び伸びとした肢体を何度も頭の中に描き直してはこれから訪れる夜のことを思った。

　カーラジオが七時の時報を知らせたが、夜はまだ暮れきらず青みがかっている。これからあとをどう過ごすか、それは訊かなくてもわかっていた。彼女が何を期待し、自分が何をしたいのか彼にはよくわかっていた。その点も妻と一緒にいるときとは違う。それとも、昔は妻と一緒にいるときもこんな感じだったのだろうか。お互いに相手に期待している部分が、凹と凸のように常にぴったりはまり込むような充足感を味わえる一日があっただろうか。交差点に入る手前の信号で、彼はもう一度助手席の女を振り返った。窓際にからだをもたせかけていた女が彼の視線をとらえて薄い笑みを浮かべた。

　だが本当のところは、彼女がいま何を期待しているかがわかるだけで彼は他には何も知らない。高野良重という名前を除けば、生まれた日も場所も、いままでどこで何をしていたのか、いま何をして暮らしているのかさえも彼は知らされていない。質問はいつもはぐらかされる。何もしていないしするつもりもない、ただ貯金を使い果たしたら死ぬだけだと彼女は決まって答える。そのときが来れば、いつでも高いところから飛んでみせるという冗談が口癖なのだ。

交差点を左に折れ、彼女のマンションの方角へ車を向けながら山田宗雄は訊ねてみた。

「これからどうする？」

「そうね」からだを起こして彼女が答えた。「これからあたしの部屋へ行って、まずシャワーを浴びて、それからスパゲティでも茹《ゆ》でて、おなかがいっぱいになったら」

「うん」

「ふたりでベランダから飛び降りるというのはどう？」

山田宗雄は黙り込んだ。またその話だ。いったいこんな冗談のどこが面白いのだろう。

「晩飯は途中で食っていこう。疲れてるだろう」

「冗談なのよ。あなたを巻き添えにするつもりはないんだから、安心して笑っていいのよ。ふたりで手をつないで飛び降り自殺するなんて趣味が悪いじゃない」

「頼むから、物騒な話はほかでしてくれないか」

「だって話す人はあなたしかいないもの」

「昔のボーイフレンドに聞いてもらえばいい」

探りを入れたつもりの質問に彼女は取り合わなかった。

「ねえ、一つ驚かせてあげましょうか？」

「飛び降りるビルが決まったとかいう話なら聞きたくない」

「あたし奥さんを見たわよ」

前を走る軽トラックとの車間を確認したあとで、気を落ち着けて、彼は助手席にちらりと目をやった。

「こないだ昼間に偶然あなたの家の前を通りかかったの」

「偶然通りかかった？」

「散歩の途中でね」と女は冗談とも思えぬ口調で続けた。「それであなたの嘘に呆れちゃった。ねえ、奥さんは子供を産めないからだのはずだったわよね。病気の名前は何て言ったかしら、その話は週刊誌ででも読んで思いつくわけ？　あんなにこまっしゃくれた男の子がいるのに、奥さんだってエアロビクスでもやってるみたいに健康そうじゃないの」

晩飯をそこで食べるつもりだった中華料理店の看板の灯りが見えたが、彼はブレーキを踏みそこねた。

「最初から言ってるでしょう、あたしはあなたと一緒にいるとけっこう楽しめるし、一週間に一日でも二日でも退屈がまぎれるからこうやって会ってるの、あなたの奥さんがどんな人だろうと子供が何人いようとかまわないのよ。お願いだから、薄っぺらな嘘をつくくらいなら家庭のことなんか何も喋らないで、今度もしあなたが嘘をついたら、あたし何をするかわからないわよ、本当に絶望して、貯金がなくならないうちに飛び降りちゃうかもしれないわよ」

「でも、きみは何か勘違いしている」

そう言ったとたんに彼女の手がハンドルに伸びてぐいと力が加わり、そのぶん車はセンターラインを越えた。たった一秒かその半分の出来事だったが、なんとかハンドルをもとの位置に戻したあとで彼は身体じゅうから汗が吹き出すのを感じた。

「ね？」と女が笑い声をあげた。「こんなふうに何をしでかすか自分でもわからないの。だからもう家庭の話はしないで」

言われた通りに彼は口をつぐんだ。そして相手の勘違いを指摘するかわりに、勤め先の学習塾の夏合宿で山の中の温泉地へ旅行している妻のことを少し思った。

エアロビクスなんていう運動からいちばん遠いところにいる女が妻だ。水着になるのを恥ずかしがったり、ちょっとした日焼けでも気にしたりする女の代表が妻なのだ。いまのところ彼女の生きがいはできるだけ多くの生徒をいい学校に合格させることにあって、家にいるときも来年の受験に向けてのことしか頭にはない。たまの日曜にぽっかり二時間くらいの暇ができて、そんなときにビデオデッキがあれば映画を借りて来て見られるから便利だと呟くことはあるけれど、それもその場かぎりで月曜になればいつも忘れている。

今朝早く出かけた妻は、むこうにいるあいだに何度家に電話をかけてくるだろうかと彼は思った。今夜すでに一度めをかけてきて、あるいはもっと遅くに二度めをかけてみて夫が出ないのを心配するだろうか。だがその可能性は低い。たとえ今夜かけてきたとしても一度めで諦めて、二度めは明日の夜、もしかしたら明後日の夜ということになるだろう。彼はそう確信できたし、あっさり確信できたことでいまさらながらに自分たち夫婦の関係が冷え切ってしまっていることに思い当たった。そういえば今年、妻を最後に抱いたのはいつだったかすぐには思い出せない。

「怒ったの」と女が訊ねた。

「いや」

「あなたがね、むっつりしてると、いい男に見えるから好きよ。めったに笑わないからあなたには好感が持てるのよ」

「晩飯はどうする」

「だからあたしがスパゲティを茹でてあげるって言ったじゃない」

「そのあとが怖い」むっつりしたまま彼は冗談を言った。

「そのあと？」

「ベランダに出るんだろ？」

「いいわよ、ベランダに出ても」女がさらりと答えた。「ベランダでもどこでも、あなたの好きなようにしていい。でもあんまり声をたてないように手加減してね」

まさかマンションの十二階のベランダで好きにするわけにもいかないだろうが、だが相手がこの女のことだから成り行きで何がどうなるかはわからない。山田宗雄はいっぺんに旅先からの妻の電話のことを忘れてしまった。

彼女のマンションへ車を走らせながら、彼は昼間何度となく見とれた女の水着姿をまた思い返した。見とれている自分の裸が心細くなるほどの、堂々とした、手脚の長い、伸びやかな肢体、エアロビクスが似合うのはむしろ彼女のほうだろう。だから、と彼は結論を急いだ。いつかそのときが来たら飛び降りてみせるという例の口癖は、あれはやはり出来の悪い冗談、相手に通じにくい冗談で、人は誰しも欠点を持っていて何から何まで男を満足させる完璧な女などいないのだし、彼女の場合はユーモアの感覚のずれがその欠点に当たるわけだ。なにしろ、自殺なんていう不健康なテーマからはいちばん遠いところにいる女が彼女なのだ。

八月一日の夜、カローラの運転席ではやる気持を抑えつつ、山田宗雄は本気でそんなふうに考えていた。

7

七月に入ってまもないある日のことだ。

山田宗雄はその日経理部の他の社員よりもほんの三十分ほど長く居残って仕事をした。翌日にまわしても別に支障があるわけでもない、文化面の執筆者たちへの原稿料の支払計算を切りのいいところまで済ませただけなのだが、そのほんの三十分間が、いくつか働いた偶然の力のうちの一つとなって彼を女のほうへ後押しした。

帰り支度を終えて席を立ったとき、彼は経理部の端の窓が一枚だけ淡いオレンジ色に染まっているのに気づいた。前夜から降り続いていた雨はついさきほど上がったばかりだ。梅雨入りの宣言がされて以来、毎日まいにち雨模様の空を見上げるのに慣れて、雲間から射《さ》しこむ夕日の色を見るのも久しぶりのような気がする。彼はすでに人気の絶えた五階の廊下に出てエレベーターへ向かった。

だがエレベーターは来なかった。ボタンを押していくら待ち続けても下りのエレベーターの箱は彼の待つ階にはやって来なかった。それが二つめの偶然で、五分近くも待ったときだしぬけに隣の上りのエレベーターが止まり、しかもその中に誰も乗っていなかったこと、まるで彼を誘いこむように空っぽの箱の扉が開いたことが三つめの偶然だった。彼はとっさに決断してそちらに飛び乗り、十階のボタンを押した。社員ホールのある十階まで上れば、西の空ではじまりつつある夕焼けが遠望できるかもしれないと思ったのだ。三十分や一時間遅れて帰宅したところで誰も待つ者はいない。どうせ妻は午後から仕事に出ていて帰りは十時過ぎだし、家ではひとりでとる食事が、電子レンジで温めて食べる料理が待っているだけだ。

十階の廊下にも人の気配はなかった。エレベーターを降りると彼はビルの裏手、駐車場側に面した部屋のドアに沿って歩いた。廊下の突き当たりまで歩いていちばん奥のドアノブを回すと鍵はかかっていなかった。

その会議室の窓一面がオレンジ色に輝いているのを彼は期待していたのだが、そんな光景は見られなかった。さきほど経理部の窓を照らしていた夕日はまた厚い雲に閉ざされたようだ。彼は窓辺に立ち、あてがはずれた思いで薄暗い部屋の中をざっと見渡した。中央に長方形の大きな卓が四台寄せてあり、折り畳み式の椅子は二列に重ねて隅の壁に立て掛けられている。その傍らに女はひっそりと立っていた。

山田宗雄は彼女が会議の準備のためにここにいるのだと勘違いしたので、驚きがおさまったあとで、遠慮がちの言い訳をした。人がいるとは思わなかった、自分は経理部の者だ、夕焼けが見られるかもしれないとここまで上がって来た、正直にそう言ってしまってからまるで子供みたいな言い訳だと悔やんだ。

女が窓際の彼のそばへ歩み寄った。

「夕焼け？」と彼女は訊ねた。「こんな雨の日に」

彼はむっつり黙り込んで再び降り出した雨を眺めた。

横に並んで立った女の肩が触れた。むきだしの肩だ。彼女は薄手の生地のノースリーブのワンピースを着ている。壁に斜めに重なったパイプ椅子の一つに、湿った雨傘が柄のところでぶら下がっていて、それが彼女の唯一の持物のようだ。彼は立つ位置を変えてそちらへ目をやってから勘違いに気づいた。

「先に怒られるかと思った」と女が言った。「こんなところで何をしてるんだ、どこから上がって来たんだって」

そう訊ねるべきなのかもしれないが、彼は黙っていた。

「本当は屋上まで上りたかったんだけど、エレベーターはこの階で終わりなのね、屋上にはヘリポートがあるんでしょう？　どうして行き止まりにするのかしら、夕焼けだって屋上からのほうがきれいに見えると思うのに、ねえ？」

わずかに振り向くと、女が彼の視線をつかまえてにっこり笑って見せた。背の高さは彼と変わらない。ショートヘアのせいで妻より若く見えるけれど、あるいは年齢はおなじくらいかもしれない。

女は視線をそらさずに、まるで彼の目の中を覗きこむように、首をややかしげながら質問をした。

「窓が開かない」と彼はその質問に答えた。「この階の窓はぜんぶ嵌《は》め殺しに出来ている」

窓が開かない以上はここから飛び降りることはできない。変な女だ。気のきいた冗談のつもりなのかもしれないが少しも笑えない。この高さから飛べば死ねるだろうかと彼女はいきなり訊いたのだ。初対面のこんな状況で、こんな変な女の質問にまともに答えている自分が不思議なくらいだった。

「窓なら開くのよ」と女が笑い声になった。「廊下の反対側の突き当たりの部屋にね、一枚だけ開け閉めできる窓があってそこからバルコニーに出られるようになっているの、手摺《てす》りの高さはこれくらい」

水平に保たれた女のてのひらは胸のあたりを示している。ワンピースの胸元が大きく開いているので肌の白さがよくわかったし、乳房の形まで想像できた。

「どう？　その手摺りを乗り越えて飛んだら下は駐車場のコンクリートだし、まちがいなく死ねると思わない？」

「思うけどね」

「何？」

「きみは死にそうにない」

「どうして」

「死ぬ理由が想像できない」

思わずそう答えてから彼は先を迷った。

「まだ若いし、健康そうだし、それに、きれいだし」

するとー瞬の間を置いて、女は顎をそらして華やかな笑い声をたてた。雨滴に滲《にじ》んだ窓のむこうを指さしながら、

「ほら、あそこに赤い建物が見えるでしょう、知ってる？　あれは美術館なんだけど屋上に出るドアに鍵がかかってないのよ、高さは七階で心もとないけど、いまのところあれが第一候補、二番めはあっちの生命保険のビル、でも生命保険のビルから飛び降りるというのも何だかね。あたしね、いつかそのときが来るような気がするの、マンションの十二階に住んでるから、毎朝ベランダに出るたびに自分はいつかここから飛ぶだろうと予感がする、ただマンションの五階に張り出した部分があってね、もしそこに引っ掛かりでもしたら悲劇でしょう、そう思うと心配で、どうせ死ぬのなら一息に確実に死にたいもの、今日か明日というわけでもないんだけど、いつ死んでもいいと覚悟を決めてるから、そのときが来ても迷わないように、毎日散歩がてら歩き回って適当な建物を探してるの」

冗談だろう、と彼は思った。冗談だろうが笑うほど面白くはない。

「信じないなら信じないでもいいわ。でも今日はここを見にきて良かった。あなたみたいな人が働いているのなら、このビルから飛んでみてもいいかな。さっき会ったばかりで、五分もたたないのに男の人から口説かれてるなんて初めてだもの。嘘みたい。本当にものの五分もたっていないのに」

「僕が、きみを口説いてる？」

「ええ、違う？」

正面から、挑みかかるような目で見つめられて、彼は口ごもった。その瞬間がすべてのはじまりだった。

開かない窓のむこうでは雨がまた勢いを増していた。だが彼らがそのことに気づくまでにはまだ数秒の間がある。他に人影のない十階のほの暗い会議室で、耳をすませば微かに硝子越しの雨音が伝わってくるはずの窓際で、お互いの目の中を覗きこんだ瞬間、そのときがすべてのはじまりだった。彼らふたりの短い恋のはじまりだった。

オール・アット・ワンス

I

その日の朝も彼女は六時半に目覚めた。

寝室から玄関まで歩く廊下の明るさと、からだに感じる温度だけで、外の様子を見なくても一日のおおよその天気が読めた。寝室に戻ると夫に声をかけて、朝刊を枕もとに置いた。着替えたパジャマはたたまずにそのままバスルームに持ってゆき洗濯用の籠《かご》に落とした。

六時四十分には洗顔をすませ、居間のテレビをつけてNHKにチャンネルを合わせて、台所に立った。

夫と子供たちの朝食用に目玉焼きをつくり、中学に通う娘のために卵焼きを弁当箱に詰めた。それで冷蔵庫の卵置き場はちょうど空になった。

七時二十分に夫が早番の仕事に出かけ、その三十分ほどあとに、小学五年生になる息子を近所に住む同級生が迎えにきた。最後までぐずぐずしていた中学生の娘は、学校の帰りに受験参考書を買うという理由をつけて彼女に二千円せがんだ。

夫と子供たちがいなくなると彼女はひとりで朝食をとった。十五分物のテレビドラマを見ながら、娘の弁当に詰めた残りの卵焼きと、味噌汁《みそしる》とあさりの佃煮《つくだに》とタクアンとで御飯を食べた。それで昨日の夕方に炊いた御飯をきれいに食べつくした。

おだやかに晴れた春の一日のはじまりだった。

ひとりきりの朝食を終えると彼女は洗い物を片づけ、洗濯機を三十分ほどで脱水まで仕上がるサイクルに設定して、まずテレビのあるリビングから掃除機をかけはじめた。二階の子供たちの部屋の掃除を終えて降りてきたとき電話が鳴った。さっきもかけたのに、トイレにでも入ってたの？　と何でも聞きたがり屋の声が言った。一軒置いた隣の奥さんの声だった。洗濯機が発信音を鳴らして脱水が終わったことを知らせた。九時半だと、時計を見なくても彼女にはわかった。

一軒置いた隣の奥さんは近所の奥さん連中を取りまとめて、内職の世話役をつとめている。彼女に振りあてられたのはボタン付けの内職だった。コートやスーツに一つ一つボタンを縫い付けて、一着につきほんの何百円かが貰《もら》える手間仕事だ。

先週おたくに届けた紳士物のレインコートの仕事は、予定の金曜ではなくて木曜の午前中までに仕上げてほしいというのが電話の用件だった。その用件のために世話役の奥さんは電話で三十分も喋《しゃべ》った。内職仲間の山崎さんの奥さんが――彼女は漫然と聞き流していたので、ひょっとしたら川崎さんの奥さんだったかもしれないが――生命保険の勧誘の仕事をはじめたというのが話題の中心で、最初と終わりがけには先月東京の地下鉄でおきたサリン事件の話がはさまれた。やっと電話が切れたときには十時をまわっていた。木曜というのはあさってのことだった。

一回めの洗濯物を干して、掃除機をしまい、それから二回めの家族四人分のパジャマの洗濯と、リビングのテレビやサイドボードや花瓶の拭き掃除が終わると彼女は一息いれた。シーツの洗濯と布団干しは明日、と予定を立てて、あとは洗濯物が乾いた午後から買物に出るか、それとも午前中に買物をすませて帰宅してから洗濯物を取り込むか迷ったけれど、結局、上天気に誘われて先に外出することにした。

寝室の鏡台に向かって化粧をして、外出用の服に着替え終わったのが十一時半だった。中途半端な時刻だが、ゆうべの残り物も食べつくしたことだし昼御飯は外でひとりでとるのも悪くないと彼女は考えた。買物袋を持ってひとりで入れるような店の見当をつけながら、玄関で靴を履いているときにドアチャイムが鳴った。

訪問客は定額貯金の今月分を集めにきた郵便局の係員だった。彼女より二つ三つ年上の四十なかばの女性である。

家計をきりつめた分と内職の手間賃から、毎月二万数千円もの積み立てをしていることは夫には内緒だった。別に隠すつもりはなかったのだけれど、一昨年、自宅に勧誘にきたその内田さんという婦人から割のいい定額貯金のことを聞かされて、夫には相談なしにその場で決めてしまったことだったので、いつか話そう話そうと思いながらもあっというまに二年が過ぎて、いまではもう立派な内緒事だった。集金に来る内田さんもそのことを承知していた。悪いことをしているわけではないんだし、と内田さんは彼女に毎月おなじ意見を言った。先で旦那さんを驚かせてあげればいいことじゃないの。

今日がその日だということをうっかり忘れていた、と玄関先で彼女は内田さんに言い訳して、寝室へ、封筒に入れて用意していた一カ月分の積み立て金を取りに戻った。内田さんは内田さんで、そうじゃなくてちょっとした事情から一日早く来たのは自分のほうだと言い、ちょっとした事情について説明したあとで、これからお出かけというときにせかしてごめんなさいと謝った。そのやりとりに十分ほどかかった。ふたりは一緒に家を出て十一時五十二分発のバスをつかまえるために最寄りのバス停まで歩いた。

うららかな春の一日だった。十一時五十二分発のバスは空《す》いていたし、おなじバス停から乗り込んだのは彼女と内田さんともうひとり、一見予備校生ふうの痩せた少年だけだった。旦那さんに内緒で定額貯金をしている奥さんは他にもいる、別に悪いことじゃないんだし、というもの話を内田さんはバスの中でした。

　繁華街のアーケードに近いバス停で客はあらかた降りた。

　内田さんに誘われて、彼女は買物をする前に昼御飯をつきあうことになった。広い喫茶店の日差しの明るいテーブルで、近くに勤める制服姿の女性たちにまじって、二人は別々の種類のスパゲティを食べた。食後にコーヒーを飲み、内田さんがここはどうしてもおごると言うので甘えることにして外に出ると一時を五分過ぎていた。

　内田さんとはその店の前で別れた。三時までにもう二軒ばかり訪ねるところがあると言って内田さんはバス停に引き返し、彼女のほうはアーケード街へ入って、朝刊の折り込みに載っていた九八〇円のトレーナーを見にダイエーまで歩いた。小学生の息子に一枚と思っていたのだが、上の娘に合いそうなのも見つけて二枚買い、上の階で徳用のシャンプーとリンスを、また降りるついでに夫の靴下を安売りで買って一階の出入口へ戻るとちょうど二時だった。

　そこで彼女はすこし迷った。ダイエーの食品売場で夕飯の買物までしていこうかと思ったのだが、そうすると荷物が多くなって帰りのバスが面倒になる、このまま紙袋一つ提《さ》げてバスに乗り、夕飯の買物は近所のスーパーですませたほうが楽は楽なのだが。

　でも今日は内田さんにお昼をおごって貰って浮いた分で帰りはタクシーにしてもいい。とにかく卵の値段が近所のスーパーとどれくらい差があるかだけ確かめてみよう、そう思って彼女は地下の食品売場へ階段を降りかけた。秀美《ひでみ》に気づいたのはそのときだった。

河西《かさい》秀美の顔を見るのはもう十何年ぶりかのことだったがまちがいなかった。髪形も着る物もすっかり昔の印象とは変わっているけれど、なにしろ高校時代にいちばん親しかった仲間のひとりなのでまちがうわけがなかった。名古屋からこちらへ戻っているという噂《うわさ》を聞いたのは去年のことだったか、それともおととしのことだったろうか、彼女はとっさに過去を振り返った。

実家に二人の子供を預けたまま、秀美が勤め先の中華料理店のコックと名古屋に逃げたのはもう五年も六年も昔の話で、そのほんの数カ月前に秀美は離婚したばかりだったはずだ。でもそれはぜんぶ噂で耳にしただけの話だし、秀美に最後に会ったのはいつだったのか、はっきりとは思い出せない。ひょっとしたら結婚披露宴のときが最後なのかもしれない。それは十六年前になる。そもそも彼女が今の夫と知り合ったのは、河西秀美が紹介してくれたおかげだった。だから秀美を結婚披露宴に招待したこと、そして秀美が出席してくれたこと、その点だけは疑いようがない。かつての同級生が地下の食品売場から階段を上ってきてすれ違う、直前までに彼女はそう考えた。

だが彼女は声をかけそびれた。一つには、河西秀美の横にはあまり愛想の良くなさそうな男が寄り添っていて、それで気が引けたせいもあるし、それからもう一つ、ためらっているあいだに傍らで誰かが、誰か見知らぬ男が、彼女を呼ぶ声を聞いたせいもある。

「奥さん」とその声は言った。

声の主のほうを振り仰ぐ前に、彼女は河西秀美のわずかな表情の変化に気づいた。すれ違いざまに秀美はあたしを見たのだと彼女は思った。横にいたのは秀美の、こっちへ戻って来てからできた新しい男だろうか。二人でいるところをあたしに見られて秀美はばつの悪い思いをしたのだろうか。

河西秀美は足を止めなかったし、一度も振り返らずに階段を上りきった。入れ違いに彼女のそばまで降りてきた少年がもう一度「奥さん」と呼びかけた。

「下で買物をするんだろ、一緒に降りよう」

その少年にはどこかで見覚えがあった。顔色の悪さ。痩せぎすの体型。肩から提げた真新しい、まだ折目のぴんと立った布製の鞄《かばん》。それがどこか思い出せぬまま、彼女は首を振った。

「人違いよ」

「いいから、下に降りよう」少年は囁《ささや》き声になった。「こんなところに並んで立ってちゃ人目につく」

少年のてのひらでやんわり背中を押されるのを感じたが彼女は動かなかった。

「西本さん」と呟《つぶや》いて少年が背をかがめ、反応を見るように彼女の顔を覗《のぞ》きこんだ。

「あんた、西本って名前なんだろ?」

「人違いだと言ってるでしょう」

「騒ぐなよ、奥さん」背を伸ばした少年はあたりを気にしてみせた。「落ち着いてくれ、いいかい、おれは別にあんたをナンパしてるわけじゃないんだ」

「武上《たけがみ》」と彼女が言った。

「え?」

「あたしの名字は武上というの、わかった? これは人違いよ」

「武上だろうが、武下だろうが」と言って少年は微《かす》かに笑い声になった。「そんなことはどっちでもいい、それはあんたの旦那の名字だろう。おれがいまあんたに思い出してほしいのは結婚する前の名字なんだ」

「いったい何の話をしてるの」

「勘弁してくれよ、奥さん」と少年が言った。「あんたの結婚前の名字は西本っていうんだよ、二十年もたつとそんなことまで忘れてしまうのか? 女ってやつは」

「違うわ」

「違う?」

「これ以上失礼なことを言ってると誰か人を呼ぶわよ」

「待ってくれ」少年が彼女の手首をつかみ、反対の手でジーンズのポケットから二つ折りの紙切れを取り出して開いた。「おれの勘違いかもしれない」

顔の前に差し出された横書きのメモを彼女は読んだ。ニシモトカズエ、と片仮名の名前がボールペンで殴り書きにされ、その下に住所が添えてあった。彼女の顔つきがこわばるのを少年は見逃さなかった。

「それは奥さんの家の住所だよ」と少年は言った。「おれは今日、奥さんが家を出てからずっとあとをつけてたんだ」

彼女は今朝、内田さんとバスに乗りこんだとき一緒になった予備校生ふうの少年のことを思い出した。いま目の前にいるのはあのときの少年に違いなかった。

「何のために」気味悪がりながらも彼女は詰問した。「何のためにあとをつけたりするの」

「佐久間《さくま》さんが会いたがってる」

としばらく間を置いて少年が答えた。まるで呪文《じゅもん》の効果を試すように、彼女の目を見据えて。そしてその一言でじゅうぶんだった。

そのたった一言で彼女の身体《からだ》からは力が抜けたようだった。懐かしい名前だろ？と少年が嬉《うれ》しそうな声で言って彼女の手から紙袋を奪い取った。彼女は抵抗する素振りもみせなかった。

「やっぱりまちがいない、あんただよ。奥さんの名前は武上和恵《かずえ》だ、結婚前の名字は忘れてもいまの自分の名前くらいは覚えてるだろう。おれはずっとここで待ってたんだよ、奥さんの買物が終わるのを。それくらい待ってやろうと思ってさ。でも晩飯のおかずまではつきあいきれない。その前にちょっと下で話を聞いてもらう」

「でもそれは」武上和恵は少年の手もとへゆっくり顎をしゃくった。「やっぱりまちがってるわ」

安売りのトレーナーと靴下とシャンプーとリンスの入ったダイエーの紙袋にいちど視線を落として、少年は指先につまんだままのメモに気づいた。

「西本じゃないのか？」

「ええ、あの人がまちがえたのかしら。あたしの旧姓は岸本というんだけど」

武上和恵の無表情と自分の指先のメモとを見くらべて、少年は舌打ちをした。

「いや、こっちの手違いだと思う。このメモを書いた連絡係のミスだ。くそ、いい加減うんざりさせられる、人の名前もろくに聞き取れないようなやつが、ただ長く生きてるってだけでおれに指図してくるんだからな」

そして先に立って階段を降りはじめる前にこう言った。

「考えすぎないでくれよ、奥さん。いくら二十年前のことだといっても、男が惚《ほ》れた女の名前を忘れるわけはないんだからね」

2

地下へ階段を降りきるとすぐ右手に花屋とコーヒーショップをかねたケーキ屋とが店を並べている。食品売場の入口は左手の奥のほうだ。少年はそのどちらへも向かわず階段の陰になったスペースに入りこむと、そこにL字型に直角に据えられた二脚のベンチのうちの一つに紙袋を置いた。

そして少年はベンチの端っこに腰をおろした。少年が腰をおろしたベンチのそばにはごみ箱と、それから細長い箱型の灰皿が置いてあった。反対側のベンチのそばには百円玉を使う占い機とチューインガムの販売機が置いてあった。その隣には壁に沿って公衆電話が四台据え付けられていた。公衆電話の先にはコインロッカーが控えていた。

階段の陰になったスペースとはいっても、公衆電話とコインロッカーのせいで人の出入りは多かった。だがどこか別の場所を探すにしても、たとえばコーヒーショップに入ったとしても、人目につくという点ではおなじことだろう。少年にうながされる前に武上和恵は腹をくくった。紙袋をあいだにはさんで、おとなしく少年の横に腰をおろした。

佐久間といえばあの男のことに違いなかった。佐久間という名字を持つ人物は、武上和恵の記憶の中にはたったひとりしかいなかった。だから少年が唐突に、「佐久間さんが会いたがってる」と言ったとき、自分はすぐに、二十年前ではなく正確には十七年前に最後に見たあの男の顔を記憶の中からたぐり寄せることができた。それとも、あたしはいつかこんなときが突然に訪れることを夢見ていて、十七年前から信じて待ちつづけていたせいで、一瞬の躊躇《ちゆうちよ》もなくあの男の顔を記憶によみがえらせることができたのだろうか。

武上和恵はそんなことを考えていた。反対側のベンチの端にはマタニティドレスを着た若い女が一休みという恰好《かつこう》で腰かけていて、脇に置いたビニールの買物袋からホウレン草の葉がのぞいている。そのホウレン草の緑の葉をぼんやり眺めながら、武上和恵はそんなことを考えていた。

「てみじかに話す」と少年が切り出した。「よく聞いてくれ。おれがこれから渡す物を、佐久間さんに届けて欲しいんだ。そして代わりに佐久間さんからある物を受け取って、今度はおれに届けて欲しい。奥さんの仕事はそれだけだ。いいね？　おれの言ってることがわかるかい？」

「わからないわ」武上和恵はホウレン草の葉っぱから少年の横顔に視線を移した。「あなたが何を喋っているのか、だいいちあなたが誰なのかも……」

「おれが誰かなんて考えなくていい」少年が食品売場の入口を見据えたまま答えた。「あんたがいま考えなきゃならないのは、自分の昔の名前が岸本和恵で、佐久間さんが二十年前の恋人に会いたがってるということなんだ。いいね？　佐久間さんがあんたに会いたがってる、そこまではわかるだろう。おれたちだって、本当を言えばこんな面倒は避けたい。かたぎの人間なんか巻き込まずに、じかでやれることはじかでやるべきだと思う。でも、たぶんこれが佐久間って人のやり方なんだろう、奥さんにはとんだ迷惑かもしれないけど、なにしろ奥さんを指名してきたのは佐久間さんのほうなんだよ」

「どうして、あたしを」少年の唇の上のまばらな無精髭《ぶしょうひげ》に目をとめて、武上和恵は二つ質問を重ねた。「おれたちって誰なの」

「さあね」苦々しい顔つきになった少年は最初の質問にだけ答えた。「きっと他に誰もいないからだろ。この街に、信用できる人間はもう奥さん以外に残っていないんだよ」

真新しいボタンダウンのシャツのポケットから少年はタバコを取り出し、使い捨てのライターで一本つけた。

「二十年だよ、奥さん。今頃になってのこのこ戻って来たところで、信用できる人間なんか残ってるわけがない。二十年前といったらおれは生まれたばかりだし、奥さんのほうがその頃のことには詳しいかもしれないね。一本吸うかい？」

武上和恵は差し出されたタバコを断り、いま横にすわっている男が実のところは、少年と呼べるほどには若くないのだということに気づいた。だが見た目はどうしても色白のひ弱な予備校生といった印象でしかない。その少年が探りを入れるような口調で彼女に訊《たず》ねた。

「佐久間さんが街を出たときのことは、少しは聞いてるんだろ？」

「いいえ」

「何も？」

「何も」

何一つ、と心で繰り返しながら武上和恵は少年と目を合わせた。それは事実だった。事実、何の前触れもなく佐久間次郎《じろう》は彼女の前からいなくなったのだ。

束《つか》の間《ま》、少年の目に自分の目の中を覗きこまれながら、武上和恵は記憶をよみがえらせた。あの男はジロウという名前を嫌がっていて、それが次郎と書くのか次朗と書くのか、それとも二郎なのか治郎なのか最後の最後まで──むろん当時の彼女は、最後の最後などというときが来るとは思ってもいなかったのだが──話をはぐらかして教えてはくれなかった。だから佐久間次郎という名前は、自分勝手に十七年間温めつづけてきたあの男のイメージにしか過ぎないのだ。

「そうか」と少年がうなずいてみせた。

「やっぱり、一本ちょうだい」

武上和恵は十七年間吸ったことのなかったタバコの一服で軽いめまいをおぼえた。こんな若者に、「何も」という答を少年が頭から信じた様子なのが気に入らなかった。

十七年前のことで少しでもわかったような顔をされるのが悔しかった。

「二十年前に」と少年が言った。「佐久間さんはある不始末をしでかした。そのことで街から逃げ出すしかないところまで追い込まれたんだ。おれが聞いてるのはそれだけだよ。それと、今度の取引が二十年ぶりの和解になるって話だけだ。ところが佐久間さんのために何かしようなんて奇特な人間はもう誰もいない、おれたちの側で昔を知ってるやつと、それから佐久間さんじしんの記憶とを合わせても、頼れるのはせいぜい二人だけだ。ひとりは奥さん、もうひとりはおれの親父《おやじ》ってことになるらしい」

「あなたのお父さん？」

「ああ。あんたなら昔、佐久間さんと一緒に会ったことがあるかもしれないな」

「いいえ、あたしはあの人の友達になんか会ったことはないわ」

「そうかい、そりゃ残念だったな」せせら笑うように言って少年がタバコを足もとに捨てた。「昔話でも聞かせてもらえるかと思ったんだけどな」

「でも、だったら佐久間に会うのはあたしじゃなくて」

「親父はとっくに死んでるよ」

おろしたてのスニーカーの底でタバコを踏み消し、白けた表情になった少年が振り返った。それから彼女が何も言わないのを見て、またうなずいてみせた。

「二十年なんだよ、奥さん。二十年もたてば街の様子だって、生きてる人間の顔触れだって変わるのさ。いいか、さっきから言ってるようにあんたしかいないんだ、佐久間さんの切札はもうあんたしか残ってないんだよ、頼むから、聞き分けをよくしてくれ。あんたはおれの言う通りに動くしかない、たったの一晩だ、それも一時間か二時間ですむ、終わったらあんたはまたもとの武上和恵に戻れる。そのことだけはおれが保証するよ」

「十七年よ」と武上和恵は言った。「二十年じゃなくて十七年前よ」

「奥さんがそう言うのならそれが正しいんだろう」わずらわしそうに少年は答えた。「でも違いがどこにあるんだ？　十七年だろうが二十年だろうがそのあいだにおれの親父は死んでるし、佐久間さんの味方はもうあんたしか残ってないんだぜ」

「どうすればいいの」

「連絡を待つんだ。今日か明日の晩には佐久間さんから電話がかかるはずだ」

「明日の晩は困るわ、夫がうちにいるし、それに」武上和恵は子供たちの顔やボタン付けの内職のことを思った。「とにかく困るわ」

「だったら今晩中に電話がかかることを祈るんだね」

少年は膝の上に置いたショルダーバッグからリボンのかかった細長い箱を取り出して彼女に目配せした。大きさから想像するとウィスキーのボトルを箱詰にしたようにも、あるいは買ったばかりの靴を包装したようにも見える。少年はその箱をダイエーの紙袋の中に収めた。

「とにかく言った通りにしてくれ。そうしないと佐久間さんもおれたちもそれに奥さんも、みんなちょっとずつ困ったことになる。もしこのまま武上和恵という名前で平和に暮らしたいなら、余計なことは考えずに一晩だけ佐久間さんの力になってやってくれ。いいね?」

それから少年は立ち上がると空になったショルダーバッグをそばのごみ箱に投げ捨てた。

「じゃあ、おれは行くよ」

3

その夜、十二時を少しまわった時刻に電話はかかってきた。

覚悟はすでにできていた。着ていく物も決めていたし、持っていく物も小さい紙袋に移し替えて準備していた。化粧もすませていたのであとは出がけに口紅を塗ればいいだけだった。

　夕食には皿うどんとギョウザとチャーハンの出前をとって子供たちを喜ばせた。その器もきれいに洗って玄関に出してあった。

　子供たちは二階の部屋で眠っていた。中学三年の娘はまだ起きているかもしれないけれど、それはもうかまわなかった。今夜だけ、たった一時間か二時間の外出だから、かりに娘に気づかれたとしても、なにしろ夫が帰宅する前に戻りさえすれば何とでも言いつくろえる。

　夫の帰宅時間はいちばん早くても午前三時だった。早番のときの勤務は朝の八時から翌朝の二時までと決まっているのだが、時間通りに終わったとしても三時前に帰ることは考えられなかった。

　だからまだ三時間ほどの余裕がある、と武上和恵は電話が切れたあとで思った。佐久間次郎は電話ではいくらも喋らなかった。ただ待ち合わせの場所を指定してきただけだった。十七年の月日が流れてしまったことを、互いに確認しあうための挨拶も何もなかった。

　電話に出た彼女が黙っていると佐久間は一言、おれだ、と反応を試すように言い、いまから出られるか、と訊ねた。すぐに出られる、と彼女は答えた。待ち合わせの場所を聞いて、そこまでなら三十分くらいかかると言いかけると、焦ったような佐久間の声が、持ってくるものはわかっているか、とまた訊ねた。ええ、と彼女が答えて、二秒か三秒の沈黙が訪れ、そして電話は切れた。電話が切れたあとで壁の時計を見上げると十二時五分だった。まだ三時間は余裕がある、と彼女は思った。夫の帰宅はいちばん早くても午前三時だ。

武上和恵は自分でいちばん似合っていると信じているスーツに着替え、寝室の鏡台にむかって口紅を塗った。二階の子供たちには声をかけずに家を出た。バス停のある通りまで夜道を歩いて、夫の働いている会社のタクシーではないことを祈りながらタクシーが通りかかるのを待った。じきに期待したタクシーがやってきた。

乗りこんですぐに運転席のダッシュボードを覗くと発光時計は十二時二十二分を示し、降り際にもう一度覗くと十二時四十分を示していた。三千円から支払って戻ってきた釣りの小銭を加えても、武上和恵の財布には一万円そこそこの金しか残っていなかった。記憶していた金額にずいぶん足りないような気がしたが、それは今朝娘に二千円与えたことを忘れていたせいだった。タクシーが走り去ったあとで、それと夕食の出前にもう三千円ほど使ったことも思い出した。帰りのタクシー代もおなじくらいかかる、と武上和恵はネオンに彩られた明るい通りとほの暗い通りのきわに立って思った。

そこは道の両側に酒場が軒をつらねた歓楽街の、はずれにあたる場所だった。

十七年前に佐久間に連れられて何度かこのあたりに出入りした覚えはあるけれど、当時からすっかり様変わりしているのか、それとも昔のままなのか彼女にはわかりかねた。指定された店の名前にはおぼろげな記憶があったが、それが特別に佐久間次郎との思い出にまつわる店というわけでもなかった。

佐久間次郎と知り合ったのは、たしか高校時代の友人と居酒屋のカウンターで飲んでいて声をかけられたのがきっかけだったし、思い出というならむしろ二度目に会った晩に誘われて初めて泊まった、それからも会うたびに何度となく泊まったラブホテルのほうがその名前まではっきり記憶に残っている。佐久間次郎とは他にどこにも行きはしなかった。旅行にも、映画にも、遊園地にも。武上和恵は電話で教えられた看板を見つけてそちらへ歩いていった。

二階建ての古びた建物のまわりには呼び込みの人間も客らしい人影も見えなかった。一階の壁をただ四角く刳《く》り貫《ぬ》いたように開いている薄暗い階段への入口に立ち、ほんの少しためらったあとで、黒ずんだ赤い絨毯《じゅうたん》の敷かれた階段を上りながら、武上和恵はふいに記憶をよみがえらせた。佐久間次郎に初めて声をかけられたとき、あの晩、居酒屋のカウンターに一緒にいたのは河西秀美ではなかっただろうか。そして佐久間次郎からの連絡が途絶えてあたしが悩んでいるとき、親身になってなぐさめてくれたのも、普通の男とつきあって普通の男と結婚するのが女の幸せだと、年よりじみた説教をしてくれたのも河西秀美ではなかったか。

そう秀美だけはあたしと佐久間次郎との過去の関係を知っている。そのことを承知で今の夫との仲を取り持ってくれたのだから。当時の秀美の恋人と、つまり今は別れてしまった秀美の旦那さんとあたしたちと四人で遊園地へドライブしたのはあれはもう十六年も昔のことになる。十六年の歳月が流れて、秀美とあたしはいまでは街ですれ違っても声すらかけそびれる間柄になった。秀美のことは、たまに高校時代の同級生から噂話を仕入れるだけで。

それとも同級生たちは、揃《そろ》って四十を越えてしまった彼女たちは、むかし秀美から佐久間次郎のことを聞いていて、陰ではあたしのことも噂しているのだろうか。あの人はああ見えても、結婚前は危ない男に惚れて泣かされたことがあったのだと。いまじゃあすっかり落ち着いて普通のおばさんになっちゃったけどね。旦那さんは真面目なタクシーの運転手で、小学生の息子と来年高校にあがる娘がいて、毎月まいつき郵便局の定額貯金がたまっていくのを唯一の楽しみにしてる。

階段を上りながら、彼女はいまこの時刻にタクシーを運転している夫のことを思った。寝る前に歯をみがきに下へ降りてきて母がいないことに気づいている娘のことを思った。それから明日の朝食のことを思い、切らしている卵のことを思い、期限の迫っている内職のことを思った。だがいまさら引き返すつもりはなかった。一日くらい目玉焼きのない朝食があっても大騒ぎすることはないし、レインコートのボタン付けはあした徹夜で頑張れば何とかなるだろう。

武上和恵はほの暗い階段を二階まで上ってゆき、天井の黄色いスポットライトで照らされて傷のめだつ黒い扉の前に立った。紙袋とハンドバッグを右手につかみ、左の手首を裏返して腕時計に目をこらすと十二時四十五分頃を差していた。まだ二時間以上の余裕がある。一時間か二時間後には必ず家に戻っている、自分にそう言い聞かせながら扉のノブに手をかけた。

4

店の中は外とおなじくらいにほの暗く、埃《ほこり》の匂いがした。外と違うのは歩きまわる人影が目につくことと、大勢の人間の話し声とバンドの演奏の音のせいでそばに立っているボーイにさえ声が届かないことだった。

武上和恵はもっと静かで狭い店内を想像していたのだが実際はその反対だった。扉を開けたとたん中にいるバーテンダーや客たちが一斉に振り向くことを覚悟していたのだが、実際は誰ひとり彼女に注意をはらわなかった。

ドアのそばに立っていたボーイが誰かに呼ばれてどこかに消えたあとで、左手の奥まったところにカウンター席が設けられていることにやっと気づいた。傘の柄のように深い弧を描いた、客のまばらなカウンター席の一角に人影が二つ立っている。そのうちの一つがこちらへ向かって歩いて来るのを武上和恵は認めた。

武上和恵に歩み寄って、心もち首をかしげながら笑いかけたのは若い女だった。緑色のミニドレスに身をつつんだフィリピン人の若い女だった。

「イシモトさん？」とその女が大声で訊ねた。

武上和恵はうんざりして一度かぶりを振り、思い直してうなずいてみせた。岸本だけど、と大声で言い返すのもおとなげないような気がしたのだ。

「イシモトさん？」

「そうよ」と武上和恵は答えた。

小柄なフィリピン人のホステスに手を引かれて武上和恵はカウンター席のほうへ歩いていった。地味な上着の中年の男が立ったまま迎えて隣の椅子を指さし、彼女がすわるのを待ってから自分も腰をおろした。そして、いきなり短い言葉で何かを訊ねた。だが店内の騒音に慣れない彼女の耳はその言葉を聞き取れなかった。

男は背後のダンスフロアとその先のステージのほうへ気のない視線を投げると、向き直ってもう一度訊ねた。彼女はまた聞き返した。

「何を飲む」と男は三度目に訊ねた。

それが十七年ぶりに彼女が初めて聞き取った佐久間次郎の意味のある言葉だった。

「ブランデーを」

「水割りで？」

「いいえ」

あらかじめ飲み物はブランデーと決めて来たのだが、それはもっと静かなこぢんまりとした店を予想してのことだった。佐久間次郎がバーテンを呼びつけて、ブランデーを、と怒鳴った。

正面からまじまじと見つめたわけではなかったけれど、隣にすわっているのは佐久間次郎に違いなかった。この額の禿《は》げあがった中年男があの佐久間次郎で、当時から八キロも体重を増やしてしまったこのあたしがあのときの岸本和恵なのだ、と彼女は思った。すっかり髪の毛が薄くなって、ともうじき男は照れてみせるだろうか。ところでおまえは少し太ったんじゃないか？　と懐かしい目をして言うだろうか。

唐突に男が喋りだしたのでまた聞き返すと、

「あれは持ってきてくれたか？」

と訊ねているのだった。彼女はまず紙袋を男に渡した。男がその中から箱を取り出してカウンターの上に置きリボンを解いた。蓋を取り去らずに、まるでオルゴールでも開けるような開け方でしばらく中を覗きこむと、満足した様子になった。そのあと

ステージの演奏と歌声がひととき止《や》んで、

「それで？」

という男の次の短い言葉を聞き逃さずにすんだ。

彼女がハンドバッグの留金に手をかけるのと、バーテンがブランデーグラスを彼女の前に置くのとほとんど同時だった。彼女はバッグの中から封筒を一つつまみ取って男に渡した。てのひらで包みこんだグラスを口に運ぶと、ブランデーは期待していたよりもずっと耐え難い味がした。

十七年のあいだに黄ばんで古びた封筒を手のなかで弄びながら、迷惑をかけたな、と男が言った。迷惑ついでにこれをむこうに届けてくれ。そして彼女が次に行くべき場所を男は指示した。ステージからピアノの音が響いてきた。振り向くと、ダンスフロアに人が集まっていて、一段高いステージではフィリピン人の女性歌手がピアノだけを伴奏に歌い始めるところだった。

「迷惑ついで？」と武上和恵は言った。

「これを届けるだけだ、あとはもう迷惑はかけない、これをむこうに渡すだけでおまえの仕事は終わる」

「あたしの仕事？」

「どうした」

「あたしが何でも喜んで言うことをきくといまだに思ってるのね」

「頼んでるんだ、他に頼める人間がいないから、迷惑を承知でおまえに頼んでるんじゃないか」

「驚かないの？」武上和恵は男の顔を正面から見据えた。「十七年なのよ。あのときから十七年もたっているのに、あたしはあなたから預かった封筒を大切に持っていたのよ、ちょっとは嬉しがってみせたらどうなの」

「信じてたんだよ」男は言ってのけた。「おまえはそういう女だ」

　武上和恵はつける限りの大げさなため息をついた。ブランデーをもう一口ふくみ、呑《の》み下した勢いで言い返した。

「あたしの何がわかるの。あなたが知っている十七年前の、控えめでうぶな若い女と、いまのあたしとはぜんぜん違うのよ。あなたはむかし岸本和恵という女の心を弄んで、味をしめてるのかもしれないけど、いまのあたしがあなたの口車に乗せられると思ったら大まちがいよ」

「控えめでうぶな女っていうのは誰のことだ？」男は軽くあしらうように言った。「おまえは何か勘違いしてるんじゃないのか。おれの記憶じゃ、おまえはベッドの上ではとても控えめとは……」

「人でなし」と武上和恵は吐き捨てた。

「時間さえあれば、これからどこかへ行って記憶を確かめ合ってもいいんだが、そうもいかない。なあ和恵、嘘《うそ》は言わない、この頼み事が最後の最後だ、もう二度と迷惑はかけない。おまえだっておれがどんな男かよく知ってるはずだ」

「封筒のことは誰にも喋るなと言ったわ。あたしに中身を見るなとも言ったわ。命の次に大事なものだから大切に取って置いて、いつかおれにとって必要になるから、そのときに返してくれって」

「ああそうだ、その通りだ。そしておれの言った通りになったじゃないか」

「十七年もあとに言った通りになるとは思わなかったわ」

「おまえがおれの言いつけを守ってくれたおかげだよ。おまえはそういう女だ」

そう確かにあたしはそういう女だ。佐久間にとっては、昔も今も、あたしは言いつけを守るかしこい犬のような女なのだ。彼女は差し出された男の手から封筒を取って バッグに戻した。十七年間いちども封を開けられることのなかった封筒。十七年間ふたりの関係をかろうじて繋《つな》ぎとめていたごくありきたりの郵便用の封筒。ステージではフィリピン人の女性歌手がホイットニー・ヒューストンのヒットナンバーを熱唱している。旦那は、と佐久間次郎の声が言った。

「旦那はタクシーの運転手なんだってな」

「もう行くわ」武上和恵はブランデーグラスに触れた手をはなした。

「それを飲んでいく時間くらいはあるさ」

「早くしないと、夫には内緒で出てきてるから」

「ひょっとしたら……」

と男が言いかけたので、武上和恵は中腰のままためらった。

「何？」

「おれはこっちに戻って来ることになるかもしれない。すぐにってわけにはいかないが、その前にも、こっちへちょくちょく顔を出すことになるかもしれない」

「そう」と武上和恵は相槌《あいづち》をうった。

「今夜の件がうまく片づけばってことだ」

そして男は最後にもう一度、彼女がこれから行くべき場所を指示した。

武上和恵は胸の高鳴りをおぼえながら店の扉まで歩いた。奥のステージではフィリピン人の歌手の熱唱が続いていた。扉の外に出てからも胸の高鳴りはおさまらず、左手首を裏返して時刻を読もうとしても、腕時計の文字盤に意識を集中できないほどだった。佐久間次郎がこの街に戻ってくる、と彼女は心の中で繰り返しつぶやいてみた。つぶやくたびに心臓の鼓動が激しくなって先の考えがまとまらなかった。

正確な時刻を読み取ることができないまま、武上和恵は階段を降りていった。これから自分が行くべき場所についてはうろ覚えだったのだが、あらためて思い出す必要はなかった。階段を降り切ったところに黒っぽいスーツ姿の男が立っていて、笑顔で彼女を迎えたからである。せせら笑うようなその笑顔を間近に見て、やっと彼女は気づいた。服装といい、油で後ろへ撫《な》でつけた髪形といい、昼間の印象とはかなり違っていたのだが、それは例の顔色の悪い痩せた少年だった。

やあ奥さん、と少年は言った。たっぷり懐かしんだかい？

5

「それにしても、こんなところで会うとはね」

と少年は吐息まじりに言った。

「実際の話、おれもたまげたよ」

「またあとをつけたのね」と武上和恵はせせら笑った顔を非難した。

「つけたさ」少年は悪びれずに答えた。「おれが言ってるのは佐久間さんとあんたのことだよ。居場所を隠して取引しようって男が、こんな街の真ん中で女と待ち合わせてどうするんだ。このへんはおれたちの庭みたいなもんだぜ。奥さん、いったい佐久間は何を考えてるんだ、ただ焼きが回っただけなのか？　それともあれか、この店は二十年前のあんたたちの思い出の店なのか」

「ほっといてちょうだい」と言い返したあとで、武上和恵はこだわった。「それに、十七年前だと何べん言えばわかるの」

「勘違いするなよ、奥さん」少年が昼間とおなじように彼女の手首をつかんだ。「ほっとけるわけないじゃないか。ちょっと来てくれ」

「どこへ連れていくの」

「おれの車で家まで送ってやるよ、帰りのタクシー代だって馬鹿にならないだろ」

「放して」武上和恵は頼んだ。「あの人から預かった物を渡すから、放して」

だが少年は放さなかった。手首を鷲掴《わしづか》みにされたまま彼女はほの暗い通りの隅へ引きずられた。

「聞けよ、奥さん、このへんはタクシーだって通るんだぜ、こんなとこを旦那に見つかったらどうする、ほらあのタクシーだ、あれは旦那の会社のじゃないか？」

一台の車が二人のすぐ脇を通り抜けた。武上和恵はとっさに少年の身体を楯《たて》にして車のライトを避けた。まもなく人影が二つ近づいてきて「健次郎《けんじろう》さん」と少年に声をかけた。

「乗りなよ」少年が助手席のドアを開けて彼女に言った。「家まで送り届けてやるから」

「健次郎さん、やっぱり裏からだ」押し殺した声が言った。「まちがいない、あいつは入るときにも裏口を使ってるんだ」

「だからそう言っただろ」少年は彼女の背中を押してうながしながら答えた。「こっちはおまえらだけでいい、あとは全部裏へまわせ」

「店長のやつびびってるぜ」もう一つの声が言った。「中を誰かに見張らせたほうがいいんじゃないか」

「余計なまねはするな」少年が命じた。「言った通りにしろ」

人影が二つ無言で走り去った。少年は助手席側のドアを閉めると、車の後方をまわって運転席に乗り込んできた。

「これでいい」とルームミラーに目をやって少年が呟いた。「奥さんはやることをやってくれた。あとは奥さんを無事に送り届けるのがおれの仕事だ」

そしてそのまま車を出そうとして少年は彼女の手が握っている封筒に気づいた。

「何だい？」

「あの人が、これを渡すようにって……」

「ああ、そのことか」少年はわざとらしく二度うなずいてみせた。「それはもういいんだ、そんなものは。おれたちは要らないから奥さんが記念に貰っとけばいい。……ってわけにもまあいかないか」

少年は封筒をつまみ取った。しばらく手触りで中身を確かめるような仕草をして、それから無造作に運転席側のサンバイザーにはさんだ。

「二十年ってのは長いよな、奥さん」少年は上機嫌で言った。「そのことがまるでわかってないんだ、佐久間って男は。こんな屑《くず》みたいな物を後生大事に抱えこんで、死ぬまで弱みを押さえたつもりでいやがる」

「あの人はどうなるの？」武上和恵は訊ねた。

車が走り出した。歓楽街の狭い通りを抜けて、スピードを上げられるようになってから少年は再び口を開いた。

「考えすぎるなよ、奥さん。あんな男のことなんか、考えたってろくなことはないぜ」

「あの人はどうなるの？」

「さあね。それは上の連中が決めることでおれにはわからない」

「上の連中？」

「むかし佐久間やおれの親父とつるんでた仲間だよ、おれより二十年ばかり長生きしてる連中のことだ。そいつらが、二十年前に佐久間のしでかした不始末をどこまで根に持ってるのかわからない。四十過ぎた人間が何をどう考えてるのかおれにはわからない。話はここまでだ。奥さんには訳がわからないかもしれないが、訳がわからないままのほうがいい。これは奥さんたちが住んでるのとは別の世界の出来事なんだから」

「ねえ」迷いながら武上和恵は言った。「あの人はもう、この街には住めないの？」

「考えるなと言っただろ」少年は舌打ちした。「いいか、佐久間はこそこそ隠れ回って今度の取引を持ちかけてきたんだ、だからこの街に戻って来てることはおれたち以外の誰も知らない、警察だって知らない、たとえ、今夜であいつの姿が消えちまっても誰も気にしやしないんだ、あんたさえ口をつぐんでくれればな」

武上和恵は助手席の窓側に身を寄せてすわり直した。

「怖がらせるつもりで言ったんじゃない」と少年が謝った。「とにかく、あの男のことはもう考えないほうがいい、きょう一日訳のわからないことにつきあわせて悪かったけど、おれたちだって本当は奥さんみたいな人を巻き込みたくはなかったんだ、ただあいつが奥さんにこだわっただけでね。二十年も昔の、十七年か、そんなに昔の男にいきなり呼び出されて迷惑だったのはわかってる、でもこれで終わりだ、今後あの男がどうなろうと奥さんの知ったことじゃない、それでかまわない、おれのことも忘れていい」

「わかったわ、もう」武上和恵は少年のお喋りをさえぎろうとした。

少年はフロントガラスを見つめたまま続けた。

「あいつは十七年たったことの意味がわかってないんだ、今頃のこのこ戻って来やがって、あんたやおれたちがどんなに迷惑してるかわかってないんだよ。奥さん、疲れただろう。家の前まで送っていくよ、まだこの時間なら、旦那さんには内緒にすませられるんじゃないか？　例の郵便貯金の話みたいにさ」

　武上和恵が振り向くのを横目で確かめて、少年はにやりと笑った。

「バスの中でおばさんと喋ってただろ？」

「そこで停《と》めて」と武上和恵は頼んだ。

「どこで」

「いいからそこで停めて」

　ガードレールの切れ目に寄せて少年は車を停めた。

「怒るなよ、別に聞き耳立ててたわけじゃないぜ。連れのおばさんの声がでかかっただけだ」

「ここで降りるわ」

「ああ、そうしたいなら好きにしてくれ。だけど奥さん、今夜のことは忘れるんだよ。しつこいようだけど、あんたさえ忘れればもう誰も佐久間のことなんか思い出しやしない、あいつやおれの親父の時代はとっくの昔に終わってるんだ、十七年前にね、あいつは遠い昔の亡霊みたいな人間だ、そう思って忘れるんだ」

「あっというまよ」

　そうつぶやいて武上和恵は助手席側のドアを開けた。少年は一瞬、眉をひそめたが聞き返しはしなかった。

「さよなら、奥さん。妙なまねをしておれを悲しませないでくれよ、おれはあんたが何も喋らないってほうに一票入れたんだからな、昔の男よりか今の家庭を大事に守るだろうってほうにさ、そのことで上の連中から責任を負わされてるんだからな」

助手席側のドアを閉め、暗い路上に降り立ち、武上和恵は心の中でつぶやいていた。十七年なんてあっというまだ。あなたにはまだわからないだろうけれど、十七年なんて本当に、まばたきする間に過ぎ去ってしまう。

車がUターンして走り去った。

彼女はさきほど車の中から目にとめた白く輝く建物のほうへ歩きだした。切らした卵をあのコンビニで買っていけば明日の朝食には夫と子供たちのために目玉焼きを三つ焼くことができる。額の生え際がすっかり後退してしまった中年男の顔を思い出し、同時に四十二歳の自分の体型に思いを馳《は》せながら彼女は歩いていった。もし人が老いることがなければ、十七年間あの男の言いつけを守って保管していた封筒のように黄ばんで古びてしまうことがなければ、と意味のないことを考えながら歩いていった。だがその先を考えつづける前に彼女の手は店の扉にかかっていた。

武上和恵は卵を買うために深夜営業のコンビニエンス・ストアの扉を開けた。

時刻は午前二時を回ったところで、夫が帰宅するまでにはまだじゅうぶん余裕があった。

姉の悲しみ

I

あたしがゆきおくれたのは妹のせいだ。

と有坂弓子《ありさかゆみこ》は密《ひそ》かに思っている。

その思いを妹に直接ぶつけたことはないし、他の誰かに喋《しゃべ》ったことも一度もない。もちろん自分でも年がら年中そう思って妹を恨んでいるわけでもない。ゆきおくれる、という嫌な言葉を毎日まいにち意識して暮らすほど彼女は結婚を望んでもいないからだ。べつに結婚するためにこの世に生まれてきたわけじゃない、という気持になるときだってある。

でも一年のうちにはたまに弱気になる時期があって、たとえば実家のある町に戻って親の顔を見たときなどに、娘の私生活にはあれほど口うるさかった父も母も最近ではめっきり老けこんで物わかりがよくなったとふと気づいたときなどに、彼女は逆に寂しくなって、もうじき三十五歳になる自分がいまだに独身でいることをたまらなく心細く思ったりもする。

そんなときに、あたしはなぜこの年まで結婚に縁がなかったのかと、昔を振り返って改めて考えてみると、かならず妹の弘美《ひろみ》の、安らかな、屈託なんてものぜんぜんなさそうな無邪気な寝顔が頭の隅に浮かんでくる。

それは遠い昔の彼女がまだ二十代の初めの頃の思い出だった。

その年の秋、有坂姉妹は二泊三日の短い日程で北陸地方へ旅に出た。妹の弘美が短大を卒業する前年の話だ。細かい経緯はもうすっかり記憶から抜け落ちているけれど、彼女たちと同年配の、車で旅をして回っている男性二人と出会ったのは夕闇が迫る時刻だった。

彼女も妹の弘美も金沢の町を一日じゅう歩き回ったので疲れていた。予約を取ってあるユースホステルまでの電車やバスの連絡を調べるのも億劫《おっくう》なくらいだった。おなじ方角だからついでに送ってやるという見知らぬ男たちの申し出を、結局、姉妹は断れなかった。

その車中で妹の弘美は無邪気に眠ってしまったのだ。いまとなっては記憶が曖昧だが、車が走り出してからまもなく、山の中腹にあるユースホステルまで、薄暗い曲りくねった道を上り続けてようやく車がたどり着くまでのあいだ、後部座席の窓際に寄りかかって妹はずっと寝息をたてていたような気がする。一方、妹の隣にすわった有坂弓子は気が揉《も》めて仕方がなかった。

まったく知らない土地で、まったく知らない男たちの運転する車の中で、まだ二十歳そこそこの有坂弓子は、自分は眠ってはいけない、自分まで眠ってしまっては何が起こるかわからないと心に言い聞かせていた。そして隣の妹の安らかな寝顔を、なんて頼りないのかと半分は歯ぎしりする思いで、だがあとの半分は感嘆する思いで眺めることになった。こんなふうに、面倒な問題を誰かにまかせて、何も考えずに眠れたらどんなにか幸せだろう。

でもあたしにはそれができない。有坂弓子はそのとき自分が姉としてこの世に生を受けたことを改めて悟った。姉の悲哀、というものをしみじみと感じた。いま隣ですやすやと眠りこけている妹には、はっきりと、未来の、幸せが約束されている、とまで彼女は思った。

あたしはいまも、将来も、常に、面倒な問題を引き受ける立場にいつづけるだろう。誰かに身をまかせて、何も考えずに幸せな眠りを眠るときは決して来ないだろう。そしてそれは、もう少し考えれば、身をまかせられる誰かがあたしの前に現れることは決してない、という意味に外《ほか》ならないのではないだろうか。

そういうわけで、

あたしがゆきおくれたのはあの妹の寝顔のせいだ。

と有坂弓子は密かに思ってみることがある。

あんなふうに無邪気に、面倒な問題を誰かに預けて眠ってしまえないから、どうしても自分で進んでそれを引き受けてしまう、そういう姉としての生まれつきだから、あたしはいまだに独りぼっちなのだと。

ちなみに、そのときユースホステルまで彼女たちを親切に送り届けてくれた男二人は地元の大学の四年生だった。そのうちのひとり（運転していたほう）は、のちに、ドライブの最初から最後まで会話の相手をつとめた有坂弓子へではなく、眠り続けていた妹の弘美に絵葉書を送ってよこした。

翌年、妹の弘美は短大を卒業し、その絵葉書の男を追いかけるかたちで東京に就職した。彼女は現在も東京に住み、結婚して子供が二人いる。

だから最近めっきり老けこんだ両親の面倒は、実家から電車で二時間ほどの町に住んでいる有坂弓子が、いまも将来的にも主に見なければならない。

2

実を言うと二度ほど、この屈折した姉の気持をテーマにした話を、有坂弓子は別々の男に打ち明けかけたことがある。

一度めはまだ彼女がぎりぎり二十代の末の頃だったが、当時つきあっていた男は話の途中まで聞いたところで、

「それでその大学生はどこに泊まったんだ、一緒にユースホステルに泊まったのか？」

と見当はずれな質問をしてきたので、彼女が、そんなことは知らないしこの際どうでもいいのだと答えると、

「どうでもいいわけないだろ」

とふてくされた。

それで話は尻切れトンボになり、夜もふけてから、男は彼女を抱いたあとの暗がりの中で、もう一度、思い出したように、

「さっきの話だけどさ、そのときの大学生のどっちかが、おまえの初めての男なのか？」

と大いに見当はずれな質問をして彼女をがっかりさせた。

勘の悪いこの男は焼きもちやきだった。名前も顔も知らない彼女の初体験の相手を気にかけるくらいの焼きもちやきだったが、自分は自分で女にだらしがなかった。浮気をしては彼女に気づかれる、という失敗を飽きずに繰り返した。彼女が勤めている

美容室のオーナーの飼い犬の、「お手」と「お代わり」しかできないシーズー犬のように一年じゅう芸のないことを繰り返した。勘も悪いし、想像力というものに欠けるのだった。

いま思えばこの男とつきあっているあいだが人生最悪の時期だった。

と有坂弓子は思ってみることがある。

ぐずぐずぐずぐずいつまでもいつまでも、籍を入れるかきっぱりと別れるかという二つに一つの問題で悩み通しだった。最後の最後に踏ん切りをつけたのは、四年前のある日、電話で呼び出されて駆けつけた喫茶店で、十八歳だと自称する二人の女の子から、

「だって、みかはもう、産むって決心してるし、のぶりんは、みかがおろしたくないんなら仕方ないだろって言ってるし、ねえ？　言ってるよね？　ほら、だからあとは、問題は、おばさんの出方しだいなんだよね」

と、詳しく聞き返さなければわかりにくい話を、いきなり持ち出されて呆気《あっけ》にとられたその晩である。

みか、というのは彼女たちと同い年の無職の少女のことで、のぶりん、というのは男の名前が漢字で書けば信太郎なのだった。どうやらパチンコ屋のスロットマシンのコーナーで、信太郎は十五も年下のそのみかという女の子と知り合って妊娠させた模

様だった。

話の大筋を理解すると、彼女はもう貝になるしかなかった。十八歳の二人組に訊《き》きたいこともなかったし、当の男に会って言いたいことも別になかった。

どうしてこうも次から次へと、あんなだらしのない男に女が引っかかるのか、世の中の女は馬鹿ばかりだし、高学歴高収入の男に女が群がるというマスコミの宣伝もあてにならないと、舌打ちしたい気持で考えたことがあったし、別れたあとも不思議に思ったりしたのだが、でもそれを言うと、もろに天に唾《つばき》することになるわけなので、彼女はその考えを自分ひとりの胸に秘めて、ただときおり自戒の意味をこめて思い出すことがあった。結局、それなりに魅力のある、一緒にいると楽しい男ではあったのだ。とりわけ第一印象が良かった。好感の持てる笑顔で、何だかんだと話しかけられて、気づいたときにはデートの約束をさせられている、そんな始まり方だった。

そんな始まり方で、有坂弓子は二十六歳から三十一歳までのまる五年間もの月日を、くだらない男とのつきあいのために使い果たした。

そしてあとには何も残らなかった。

そんなふうに考えると、どうしても彼女は、人生最悪の時期という言葉をあの五年間には捧《ささ》げたくなる。

3

二度目はつい最近のことだ。

姉の悲哀、というテーマの原体験になっている北陸旅行の話を、別のある男に打ち明けかけたのはちょうど一週間前、月曜の朝のことである。

月曜の朝はかならず六時前に目覚めて、近くの桟橋まで散歩に出かけるのが有坂弓子の習慣になっている。

彼女が店長をつとめる美容室では毎朝、朝礼のときに従業員たちが持ちまわりで短いスピーチをする時間が設けられていて、「けさ通勤の途中で朝顔が咲いているのに気づきました」とか、「今年の夏は去年の夏ほどではないけどやっぱり暑いので仕事のあとのビールはおいしい」とか、「野茂英雄投手がアメリカで活躍しているのはすごいと思う」とか、毒にも薬にもならないどうでもいい話で若い子たちはたいていお茶を濁す。

でも有坂弓子の場合は、店内でただひとりの三十代の大人の女性として、しかも店長の肩書もついていることだし、他の若い従業員みたいにおざなりの一言でスピーチをすませるわけにもいかない。おまけに彼女の順番がまわってくる月曜日の朝礼には決まって店のオーナーが顔を出し、傍らに立って話を聞いたあとでコメントを述べるのが通例なので、なおさら気合を入れてかからなければならない。

それで月曜の朝になると彼女は普段よりも早起きして、スピーチの内容をまとめがてら、往復三十分ほどかけて近くの桟橋のあたりまでぶらりと散歩に出る。この散歩の習慣については、冗談まじりにひとりの男にだけ話したことがある。それ以来、その男は彼女の月曜の朝の散歩にしばしばつきあってくれるようになった。頼みもしないのに、と彼女は思う一方で、冗談まじりにしろ散歩の話をしてしまったということは、一緒に歩きたいという期待を自分はこめていたのかもしれないとも思う。その期待に彼はこたえてくれているのかもしれない。

一週間前の月曜の朝にも、頼みもしないのに竹中昭彦《たけなかあきひこ》は現れた。いつものように自転車に乗って、彼女の背後から追いつき、「おはよう、店長さん」と言ってブレーキをかけた。

二人は連絡船の待合所の入っている建物の中へは向かわずにその周囲の海岸沿いに舗装された道をゆっくりと巡り歩いて、途中に据えてある木製のベンチに腰をおろし、朝の海を眺めながら少し話した。

そのとき竹中昭彦が、軽くからかうような親しみのこもった笑顔で、朝礼のスピーチはもうまとまっているのかと切り出したので、彼女は、東京にいる妹が今年はお盆の里帰りを中止にすると言ってきた、実家の両親は残念がるだろうけれど、でも毎年テレビのニュースで見せられる帰省ラッシュの大変さや、家族四人分のばかにならない旅費のことなどを考えると、無理にでも帰って来いとは言えない、というような身内の話をしてごまかそうと思う、まあこれは毎年この時期になるとする話なんだけど、かまわないわ、どうせ若い子は誰も真剣には聞いていないんだから憶《おぼ》えてもいない、オーナーだって忘れっぽいからと答えながら、ふいに、昔の北陸旅行の思い出をこの男に話してみようかと思ったのだった。

東京にいる妹の話題をきっかけにして、つまり妹が東京に就職したのは、短大時代に旅先で知り合った大学生との遠距離恋愛の不便を解消するためだったという説明から、でもいま妹の夫になっている男性はそのときの大学生ではないという事実や、ところでその遠距離恋愛は一枚の絵葉書から始まったという話を経て、例の自分だけは眠るわけにはいかないと気を張った夜のドライブの一部始終をこの男に打ち明けてみようかと思った。

この男ならひょっとしたらあの夜の自分の気持を、姉の悲哀という言葉の雰囲気を理解してくれるかもしれない。有坂弓子はほんの少し迷った。日が差して銀の針を撒《ま》いたように表面がきらきら光りだす前の、しっとりと深い緑色に凪《な》いだ早朝の海を眺めながら迷った。こんな話題はこんな時刻にはふさわしくないかもしれない。

迷っているあいだに竹中昭彦が腕時計を見て、そろそろ戻ったほうがいいんじゃないか？　と訊《たず》ねた。

「そうね」有坂弓子も頭を切り替えて言った。「ねえ、あんまり寝てないんじゃない？無理してこんな時間につきあってくれなくてもいいのよ」

「無理なんかしてないよ」と顎のあたりをてのひらで撫《な》でながら竹中昭彦が答えた。

「いま眠たそうな顔をしたから、そう思ったの。あしたの晩はその無精髭《ぶしょうひげ》くらいは剃《そ》ってきてね、お願いだから」

まるっきり冗談のつもりで言ったのだが、振り向いた男の顔が気分を害したように見えたので、彼女は少しあわてた。

「ネクタイも締めて行こうか？」と男が言った。

「そんな意味で言ったんじゃないの」

「かしこまった席や、人の大勢集まるところは苦手なんだ」

「そうじゃないって、こないだから言ってるでしょう。あたしの高校時代の同級生と、その旦那さんと、旦那さんの会社の同僚の御夫婦と、あたしたちを入れてたったの六人よ、六人で晩ご飯を食べるだけ」

「わかってるよ、その話はもう何べんも聞いた」

「何べんも話すように、あなたが仕向けてるのよ」そんなに嫌なら来なくてもいい、と言いたいのを有坂弓子は我慢した。今年の春から美容室の常客になった昔の同級生に、あなたのボーイフレンドを紹介してよ、と言われて、いいわよ、こんど一緒にご飯でも食べましょう、と彼女が答えたところから、もとはといえばこの食事会の話は始まっているからだ。「嫌なら嫌で最初から断ればよかったのよ」

「嫌だとは言ってないよ。ただ」

「何よ」

「ちょっと嫌な予感がするだけ」と男はそこで軽い冗談を言う顔つきになったが、今度はそれが有坂弓子には通じにくかった。「知らない人とはうまく話せないたちだし、面白くない男だって僕が言われるのはかまわないけど、きみにまで迷惑が降りかかるのは気の毒だ」

「考え過ぎだと思うわ、ただみんなでご飯を食べるだけなのに」

「ほら、起こるのはいつも心の中でいちばん恐れていることだ、って言うだろ？」

何かの聞きまちがいではないかと有坂弓子は思ったが、聞きまちがいなどではなかった。彼女はぜんぜん知らない男の表情を観察するようにそばの男の横顔を見て、確認した。

「何て言ったの？」

「映画の台詞《せりふ》だよ、小説だったかもしれない、知らないか？」

「映画って『フォレスト・ガンプ』じゃないわよね？」

と彼女がわざわざタイトルを口にしたのは、竹中昭彦と初めてのデートで一緒に見たのが『フォレスト・ガンプ／一期一会』という映画だったからである。

「うん、もっと昔の映画だ、たぶん」

「あたしはそれは見てないわ」

竹中昭彦と出会う前にまる五年つきあったあの男なら、と彼女はそのとき思った。どんなに最近に見た映画だろうと、その中の台詞をあたしとの会話に引用するようなまねはしなかっただろう。この男はやはりどこかしらあの男とは違うのだ。第一印象にはおなじように好感が持てたけれど。

「そろそろ部屋に戻ったほうがよくないか」と男が言った。「もうじき七時だ」

「とにかく明日の晩は迎えに行くから、七時に」と彼女は念を押した。「一晩だけ我慢して、黙ってステーキを食べてワインでも飲んでればいいんだから」

「ワイン、ね」

と気に障る言い方をまた男がしかけたので、有坂弓子はベンチから立ち上がって、ワインが苦手ならビールでも飲めばいいでしょ、と言い捨てて先に歩き出した。

4

高校時代の同級生といっても、井上《いのうえ》まゆみとは当時はそれほど親しくもなかった。五十音順の出席番号が一番違いなので、たとえば始業式とか終業式とか生徒総会とかで整列するときには、いつも彼女は有坂弓子のすぐ後ろに立っていて、どちらから話しかけるにしても有坂さん、井上さん、という几帳面《きちょうめん》な呼びかけで多少は言葉をかわす機会もあったけれど、列を離れてしまえばもうお互いに話すことはなかった。

ただ、どちらかといえば有坂弓子が陽気で平凡な十代の女の子だったのにくらべて、井上まゆみのほうはまず第一にその容貌から、群を抜いて皆の記憶に残るタイプの女生徒だった。だから今年の春に初めて井上まゆみが美容室に現れたとき、昔、あたしが男子生徒ならきっと彼女にあこがれるだろうと想像していた頃のことを、すぐに有坂弓子は思い出すことができた。

もしあたしが男だったらこのひとみたいな女を求めるだろう、と有坂弓子は思いながら、切り過ぎないでねと言われた通りにほんの5ミリほど彼女の髪をカットした。そしてそのあいだに、夫の転勤で初めてこの街に住むことになったという事情と、結婚後の姓が七種、と書いてサイグサ、と読むことを教えて貰《もら》った。

七種まゆみは次の週にも、次の次の週にも有坂弓子の美容室にやって来た。七種まゆみがやって来ると、美容室内の空気がぴんと張りつめ、若い従業員たちが揃《そろ》って一瞬、息を呑《の》んだように口を閉ざした。それくらい美しいのだ。ボーイフレンドを紹介してよ、と軽い口調で言われて、いいわよ、こんどお店の定休日のときに食事でもしましょう、とおなじく軽い口調で答えたのだが、それはひょっとしたら若い美容師たちの目を意識して、自分はちょっと背伸びしてみたのかもしれないと、あとになって有坂弓子はくよくよ考えたほどだった。

食事会の当日、なりゆきで、その七種まゆみの隣の席に竹中昭彦が腰掛けることになった。だが有坂弓子がなかば期待しなかば心配していたほどには、竹中昭彦は隣の女には関心を払わなかった。

一つには、もう一組の山田《やまだ》と名乗る夫妻が、来年小学校に入学するという年齢の女の子を連れてきていて、席が近いせいかその女の子が最初から竹中昭彦になついてしまったこともある。これはなに？　という前菜のときの質問から始まって、スープを啜《すす》るときも肉を切り分けるときもパンを千切るときもグレープフルーツジュースをこぼしたときも、そのたびに母親に注意を受けながらも、いちいち竹中昭彦にちょっかいを出したがり、おかげで隣の七種まゆみのほうを振り向く暇さえ彼に与えなかった。

それともう一つ、有坂弓子が観察したところでは、どうやら竹中昭彦は隣り合った美しい女よりもむしろその夫のほうを気にかけているように見えた。この街に本社ビルのある新聞社の、社会部記者という肩書を持つ七種歩は、スープが運ばれてくる頃までに前任地の話題をいくつか披露し、竹中昭彦の仕事について一度だけ訊ねるとあとは寡黙になった。寡黙といえば七種歩と同期入社で経理部に勤めているという山田宗雄《むねお》も寡黙に食事を続けていた。二人とも何かしら考え事をしているふうに見えなくもなかったけれど、実のところは、気乗りのしない集まりに妻たちから無理やり引っぱり出されて退屈しているのだろう、と有坂弓子は思った。

その事が起こったのは、デザートの皿とコーヒーが二人の給仕係によってほぼ同時に運ばれて来たときのことだった。これはなに？　とアイスクリームの上に垂らしてある赤いソースを指して山田夫妻の娘が質問し、竹中昭彦が先に一口味わってみて答えようとする、その声に重なるように、七種まゆみの声が、

「ねえ、あの写真の駅はどこなのかしら」

と誰にともなく訊ねた。

七種まゆみの席からほぼ真正面の位置に飾ってある壁のパネル写真のほうを、その場にいる全員が振り返った。そのあとで蝶ネクタイをした若いウエイターが、普段着にエプロン掛けの年配の女性に助けを求めるように顔を向けた。ちょうど竹中昭彦の前でコーヒーを給仕し終えたその女性が腰を伸ばしてから答えた。

「あれは蘇州駅です」

「ソシュウ駅？」と七種まゆみが聞き返した。

「はい、中国の、江蘇省という地方にある都市、上海に近いそうです」

「蘇州夜曲の？」と七種歩が訊ね、

「ええ」とエプロン掛けの女性が笑顔で答えた。

「なんのこと？」と山田家の娘が好奇心を示し、

「さあね」と竹中昭彦が振り向かずに答えた。

その写真は蘇州駅の無人のプラットホームを写したものだった。青みがかった空気を背景に、プラットホームの天井のオレンジがかった照明だけが寂しげに灯《とも》っている。まったく人の気配のない写真だった。

「中国なら日本より人が大勢いるはずなのにね」と七種まゆみが言った。「明け方に撮ったのね」

「いいえ、明け方ではなくて夕方なんです」

「ああ、そうか」とそのとき七種歩が呟《つぶや》いたのを横にすわっていた有坂弓子は聞き逃さなかった。「やっと思い出した」

大晦日《おおみそか》の夕暮れ時でたまたま人気が絶えていたということらしいです。と店の女主人らしいエプロン掛けの女性が説明した。大晦日といっても、旧正月のほうの。

「竹中君といいましたね」七草歩が向かいの席に話しかけた。「一度おめにかかってますよ、ほら、写真展の取材で。憶えてるでしょう？」

「さあ」

「三年、いや二年前だったと思う。憶えてないかな」

「タケナカくん」と言って山田夫妻の娘がアイスクリームのスプーンで口を押し広げてみせた。「おぼえてないかな」

「それは僕じゃないと思いますよ」

カメラいじりが趣味の甥《おい》っ子が去年中国に旅行したとき撮ったもので、と女主人は七種まゆみと山田夫妻にむかって喋り続けた。どうしても店に飾ってくれと言って聞かないので何点かあたしが選んでみたんです。料理の味がそこなわれない程度のものを何点か。いかがでしたでしょうかお肉のほうは。

「あなたの写真展だよ」と七種歩がなおも言った。「中国の食卓風景をテーマにした。ハンバーガーを食ってる中国人のおじさんの写真が話題を集めたでしょう。写真展の会場で一時間ほど話をしましたよ、コーヒーもご馳走《ちそう》になった、ちゃんと憶えてる。竹中和彦《かずひこ》君でしょう？」

「それは弟の名前です」と竹中昭彦が答えた。「僕じゃない」

「ボクじゃない」と山田夫妻の娘がスプーンを口に入れたまま言った。「それはオトートのなまえだ」

「ああ」と七種歩がまた一つ記憶をよみがえらせて声をあげた。

「まゆみちゃん」と母親がやんわり娘をたしなめた。

「僕の勘違いでした」七種歩が謝った。「まったくの勘違いです。申し訳ない」

「まゆみちゃんがいい子にしてないとね」と七種まゆみが言って周りのお義理の笑いを誘った。「何だかおばちゃんがママに叱られてるみたいだよ、おなじ名前なんだから」

竹中昭彦に写真家の弟がいるとは知らなかった。和彦という名前の弟がいることじたい初耳だった。有坂弓子は感情を顔に出さないように努めてコーヒーを飲み、話の続きを待ってみたのだが、七種歩にはもうその話を続ける気はなさそうだった。

帰り際に有坂弓子は竹中昭彦と目を合わせなかった。むこうから話しかけてきて、今夜は泊めてくれと言えば、そのときはそれでいい。自分はいつものように断らないだろう。でも今夜はいつものようにシャワーを浴びたりシーツを替えたりする前に、彼の話を聞かなければ。とことん彼に話をさせなければ気がすまない。

そんな考えに夢中になっていたので、先に山田夫妻と娘をタクシーに乗り込ませてから、そばにいた七種まゆみが二人きりで話せるのを待ちかねたように、

「あの子は養女なのよ。四つのときに貰《もら》ってきたからまだ一年とちょっとしかたたな

いの。だからお母さんもお父さんもぎくしゃくしてるでしょ、見てて気づかなかった？」

という噂話《うわさばなし》を囁《ささや》いたときにも、そんな噂話をする相手がただわずらわしいと感じただけで、別にたいして驚きもしなかった。

それから七種まゆみは今度は皆に聞こえる声で、

「ねえ、一軒だけ四人で飲みに行かない？」

と言ったのだが、この誘いには有坂弓子はまったく気が乗らなかったし、気が乗らないという点では男二人も同様のようだった。

で、二組のカップルはステーキハウスの前で午後九時に別れておのおの帰途についた。

5

「それで」

と七種歩は遅れて席につくなり訊ねた。

「お話というのは？」

だが有坂弓子はウエイトレスがお冷やのグラスを運んで来てアイスコーヒーの注文

を受けて退《さ》がるまで返事を渋っていた。

　ハンカチで額の汗を拭いながら七種歩がさりげなく訊ねた。

「妻のことで何か」

「はい？」

「いや、電話では話しづらそうにされていたので、ひょっとして妻のまゆみのことではないかと」

「違います」と有坂弓子は答えた。そしてとっさに意味もなく頭を下げた。「すみません」

「いいんです」心なしか七種歩は期待はずれの表情になった。「違うなら違うでそれはいいんです」

「本当にすみません、お忙しいのにわざわざこんなところに呼び出したりして、あたし、少し大げさかとも思ったんですけど」

　ウエイトレスがアイスコーヒーを運んで来てまた退がった。

「遠慮はいりませんよ、まゆみのお友達なんだから、僕でよかったらいつでも話し相手になります。暇なときはこれほど暇な商売もないんです。それでお話というのは？」

　ストローの袋を破っている男のうつむいた顔は、言葉とは裏腹に、明らかに迷惑そうだ。有坂弓子はそう感じて尻込みした。食事会の夜からちょうど一週間が過ぎている。あのときの話をこの忙しそうな新聞記者はどれくらい憶えているだろうか。

「実は、先週一緒に食事をした竹中昭彦の」まわりくどい言い方は抜きにして切り出してみた。「弟の和彦という人の話なんですが、写真家の」

「ええ、ええ」アイスコーヒーをストローで一口吸って、七種歩は事情を呑みこんだ顔つきになった。「あの晩は失礼しました。僕がついうっかりして馬鹿なことを喋ってしまった。竹中、昭彦さんですか、最初にあの人がカメラ屋さんに勤めているとうかがっていたので、余計に弟さんのことと記憶が混乱してしまって」

「和彦という人はもう亡くなっているんですよね？」

ストローの先をくわえたまま七種歩が目を上げて怪訝《けげん》な表情を浮かべた。有坂弓子はかまわずに続けた。

「そのことは竹中昭彦のほうから聞いてるんです、どんな事故で亡くなったのか七種さんは御存じですか」

「事故」と呟いて、七種歩は首をひねった。「さて、どんな事故だったか、事故死だというのは確かですか」

つまり竹中昭彦からはその点を詳しく聞いていないのかという意味だ。有坂弓子は相手とおなじようにやや首をかしげると、わかりきった主語を省いて答えた。

「あたり前ですが、いい思い出ではないようで、根掘り葉掘り訊《き》くのも気の毒だし」

「うん、それはそうでしょう。確か三十四、五で亡くなったはずだから、事故死だったと言われればそうなのかもしれない。でも僕の記憶ではそこのところは曖昧だな。こっちに転勤する前、支局にいた頃にね、取材した写真家がその後急死したという記憶はおぼろげにある、人づてに聞いたか、死亡記事を読んだかして。ただ、それ以上のことはどうも」

「そうですか」

とうなずきながら、有坂弓子はやっぱりこんな話をしにこんなところに来るべきじゃなかったと早くも後悔していた。実を言えば、七種歩じしんが竹中和彦の死亡記事を書いて新聞に載せた、だから彼に訊けば一から十まで事情はわかる、と根拠もなく思い込んでいたのだ。

「まあ、一度取材した相手のことはたいてい憶えているんだけど、顔とか、年恰好《としかっこう》とか、職業とかはね。でもその相手がその後どうなったかまではいくら新聞記者でもフォローするのは難しい。お役に立てなくて申し訳ないですが」

「そんなに似てるんですか」

「え？」

「兄弟で顔がそんなに似てるんでしょうか」

「それはだって、双子だからね」七種歩は指先で頭を掻《か》いてみせた。「一卵性の。似てないほうがおかしい。ぱっと見て僕の記憶が混乱してしまうくらいには似てる」

有坂弓子はすっかり氷が溶けてしまったぬるくて水っぽいレモンスカッシュをストローで一口啜った。そのあとしばらく黙り込んだ。竹中兄弟が双子だという事実をいまのいままで自分は知らなかったし、いまのいままで知らなかったことをおそらく七種歩に見抜かれてしまっただろうと思いながら。

「もし、あれだったら」と七種歩が沈黙を破った。「僕としても、理由を根掘り葉掘り訊くつもりはないけれども、もしどうしても知りたいのだったら」

「いいえ、もういいんです」双子の弟の死因をどうして知りたいのか、その理由をかえって問い詰められているように感じながら有坂弓子は答えた。「変な話でわざわざ呼び出したりして、御迷惑をかけました」

「よかったら僕が支局の人間に電話して訊いてみてもいいし、そんなに大きな街じゃないから竹中兄弟に近い人物を知っているのがいるかもしれないしね。御自分で調べたいなら新聞の縮刷版にあたってみる手もある」

「新聞の、縮刷版？」腰を浮かしかけて、有坂弓子はためらった。

「図書館にたぶん置いてあるはずです。事故死だったら記事が載っているはずだから、それを読めばわかる。もっとも、亡くなったのは二年前の秋口、という僕の記憶も曖味だから、調べるにしても相当手間がかかりますよ。でもどうしても知りたいとおっしゃるのなら、やってみる値打ちはある」

「あの、さっきの話ですけど」曖昧、曖昧という新聞記者の言葉遣いが多少気にもなって、有坂弓子は最後に訊ねてみた。「双子の話、それは確かなんでしょうか」

「確かだと思いますよ」新聞記者は皮肉っぽく答えた。「取材したときに直接聞いたのか、彼が急死したとき誰かに教えられたのか曖昧ですがね、ひょっとしたらその話も新聞の縮刷版で調べられるかもしれない」

「わかりました」有坂弓子は一礼して言った。「どうも有り難うございました」

「どういたしまして、この程度でいいのならいつでもどうぞ」

七種歩はアイスコーヒーをまだ半分以上飲み残し、片手にストローをつまんでいる。席を立つのはあなただけだと言わんばかりに。有坂弓子はそう感じた。きっともう二度とこんな女の相手はしたくないと思っているに違いないし、自分ももう二度とこの男に電話をかけることはあるまい。

変な話を持ち込んだうえに失礼な女だと、今度はあたしじしんがこの男の記憶に残ることになる、たぶん曖昧に。それよりも、今日の話が七種まゆみの耳に伝わって、どこかで、山田夫妻の養女の話のようにゴシップとして語られることを心配すべきだろうか。テーブルの端の勘定書に手を伸ばして、有坂弓子はもう一度だけ軽いお辞儀をすると早々に席を立った。

6

それから三週間と五日が過ぎた。

九月に入って最初の日曜の晩のことだ。

閉店時刻の七時はとっくにまわっていたが有坂弓子は若い従業員たちにまじってまだ働いていた。美容室の一日は、言ってみれば朝タオルを畳むところから始まり、夜タオルを干すことで終わる。それでいま何十枚もの洗ったタオルを手分けして干しているところだった。

今夜は早めに客足がとだえたので、いつものように最後の客を従業員全員で見送ったあと、いつもより三十分も早く若い美容師たちのトレーニングの時間を持てた。それでも時刻はもう九時半近い。

若い子たちが自分でカットモデルを見つけてきたり、あるいは人形を用いたりしてのトレーニングは毎晩行われる。きょうは日曜のせいもあって素人モデルが四人も集まり、夕方から店が暇だったぶん余計ににぎやかな雰囲気になった。しかも、二人現れた男性モデルのうちのひとりが、とにかく喋り通しに喋って人を笑わせる二十代のして仕方がなかった。

男で、有坂弓子はその男の軽口に思わず何度も吹き出しながら、無性に懐かしい気がした。

彼女が懐かしく思い出したのはまる五年つきあって、四年前に別れた男のことだった。その男もやはり最初はトレーニングのカットモデルとして有坂弓子の前に現れたのだ。一昔前の話になる。当時はまだ彼女は店長ではなくて先輩にあたる美容師が三人いた。その中の誰かがスナックか喫茶店かで知り合った男をモデルとして連れて来たのだった。閉店時間に美容室に現れた男は最初から最後までにぎやかに喋り続けた。初めて目が合った次の瞬間に名前を訊かれ、トレーニングが終わったときには店の外で会う約束をさせられていた、有坂弓子の記憶ではそんな感じだった。

あの男は定職にもつかず毎日まいにちパチンコ屋や競輪場や競艇場に入り浸り、ろくな人間ではなかったけれど、でも、いま思えば謎《なぞ》めいたところなどいっさいなくて、わかりやすい男だった、と有坂弓子は懐かしがった。

人が好《よ》くて、女にだらしないというだけ。一言で説明がつく。実にわかりやすい男だった。あたしが浮気に目をつむって、髪結いの亭主という言葉もあることだし生活の面倒を見る覚悟さえつければ、いまごろ籍を入れて子供を産んで平穏な家庭を持てていたかもしれない。もちろんそれは甘い甘い夢で、目をつむる暇もないくらい男は浮気を重ね、あの男のためにあたしはどんな覚悟もつけるつもりなどなかったというのが現実なのだけれど。

「男のひとが店長さんを呼んでくれって言ってます」

　といきなり従業員のひとりに耳もとで言われたとき、有坂弓子はタオル掛けの前に立って、絞った形のまま捩《ねじ》れたタオルを一枚一枚開いて皺《しわ》をのばしているところだった。

「自転車に乗ったひと？」

　と相手の顔を見ないで聞き返し、

「さあ？」

　という呟きを耳にとめながら、自然と有坂弓子は昔の男から今の男へ頭を切り替えた。竹中昭彦とはもう一カ月も会っていない。食事会の夜、帰り着いた彼女のマンションで互いに無口になってシャワーを浴び、洗濯したてのシーツを取り出しているあいだにさりげなく訊ねたつもりの彼の弟の話がきっかけで、二人ともなおさら無口になって、そのまま、泊まらずに彼が帰ってしまって以来電話もかけ合っていない。

「見てきましょうか？　外に自転車がとまってるかどうか」

「ううん、いい。終わった人から先に帰ってね、あとはあたしが引き受けるから」

　若い美容師たちが帰り支度をはじめた。

　それから全員がいなくなって店の中が静まり返るまでにはずいぶん時間がかかった

のだが、有坂弓子はタオルの最後の一枚をまだ干し終えてはいなかった。しばらくすると背後に控え目な足音が近づいて、竹中昭彦の声が訊ねた。

「そのタオルは何か特別なのか？」

この男はカメラ屋の店員としてまじめに働いているし、と振り返らぬまま有坂弓子は思った。ギャンブルには手を出さないし女癖も悪いふうには見えない。背もあたしより二十センチも高いし、顔つきだって昔のあの男ほどではないにしてもどちらかと言えば女に好まれるタイプだろう。

ただこの男は自分の思い出や身内の話を語りたがらず、訊かれても言い渋ってしまいに不機嫌に押し黙るだけだ。そして何度か、いやすでにもう十何度かにはなるだろう、あたしのマンションに泊まったときには必ず、隣で寝ていて気味が悪くなるくらいに夢にうなされて大声をあげるだけだ。

「それをさっきから握りしめたままだよ」とふたたび背中で竹中昭彦の声が言った。

どうしてこんなふうに何か問題のある男とばかりあたしは縁があるのか。有坂弓子はタオルの最後の一枚をタオル掛けに干しながらそう思った。姉として生まれ育ったことが、やはり姉の悲哀と呼ぶしかないあたしの運命が、問題を背負った男たちの世話を焼くように仕向けているのだろうか。

後ろでため息をつく気配があった。続いて空気がしゅっと洩《も》れるような音がしたので男が顧客用の椅子に腰掛けたのがわかった。

「聞いたよ」と男の声が言った。「あの新聞記者に弟の事故のことを調べてくれと頼んだんだって？」

「頼まないわ」有坂弓子は振り返って答えた。「調べてくれと頼んだおぼえなんかないわ」

「自分で図書館に行って調べたのか？」とからかうような口調で竹中昭彦が訊ねた。

「最低ね、あの男、告げ口するなんて」じっとしていられなくなって、有坂弓子は店の入口のほうへ歩き出した。途中で椅子にすわった男の姿を鏡にとらえると「それであなたは」と言った。「それを聞いて、あたしに文句を言いにここまで来たの？」

「おでんの屋台で酒を飲んでたら」と竹中昭彦が彼女の後姿を目で追いかけて言った。

「むこうが偶然入って来たんだ。一杯ずつおごり合って、それをあと何回か繰り返したから酔った勢いでつい口が軽くなったんじゃないか？　あんまり責めるなよ」

「あなたにおでんの屋台で飲む趣味があったとは初耳だわ」行き止まりの壁でターンして戻って来ながら有坂弓子が言った。「この暑いのにおでんの屋台」

「冷や酒だ、きみと会えないあいだに覚えたんだ。ちょっとでいいからここに来て話さないか」

「冷や酒！　ビールしか飲まない田舎者だと思ってたのに。あなたが双子の兄だと知ったときよりも驚きね」

「なあ、ぐるぐる歩き回ってないで少しは落ち着けよ、とにかく、顔くらいゆっくり見せてくれ」

「あたしに何の用なの？」

「顔が見たくなったからここに来たんだ」

「用があるなら早く話して」

「ただきみに会いに来たんだって言ってるだろう。実はよくよく考えてみたんだけど、この街には誰もいないんだ、きみひとりだけだ、わざわざ自転車を飛ばしてまで会いに行きたいと思う人間は。このことはもう知ってたか？」

有坂弓子は足を止めて、疑《うたぐ》り深い目つきで鏡の中を覗《のぞ》きこんだ。この男はこういう気障《きざ》と冗談とがどのくらいずつの割合なのかよくわからない台詞を平気で言えるタイプなのだ。

「それも映画の台詞なのね？」そう言いながら彼女は竹中昭彦が腰かけている椅子の背後に立った。「あなたの秘密主義のせいで、あたしはあの新聞記者から変な女だと思われたわ」

「図書館に行ったのか？」と鏡越しに目を合わせて竹中昭彦が訊ね、そして彼女が首を振るのを待ってから「車の事故だ」と言った。「僕も直前までその車に乗ってた。

でも別に僕が弟を殺してこの街に逃げて来たわけじゃない。きみが疑っているように、僕の正体が、殺害した兄になりすました弟の和彦というわけでもない」

「冗談じゃなくてね」という言葉が自然に有坂弓子の口から出た。「あたしはそう思ってみたことがある。ほんとうは、いまでも少しだけ疑ってる」

「そんな、推理小説みたいなことが現実に起こるもんか」

「じゃあぜんぶ話して、事故のことだけじゃなくて。あなたのことがもっと良くわかるように」

「あんまりいい思い出はないんだ」と含みのある答え方を男はした。「事故のことだけじゃなくて。おいおい話すよ。何も急いでわかり合う必要はない。きみも僕もまだ四十前だし、二人で話す時間はこれからもたっぷりとある。時間がたてば、いやでもわかり合えるようになるさ」

「時間がたって」と有坂弓子は言った。「あとで自分は竹中和彦だと告白する気になっても遅いのよ。そんなことになったら、あたしはあなたを殺すわよ」

男は一つ数えるくらいの気になる間を置いて、笑い声をあげた。それから振り向いて有坂弓子の手を求めた。彼女は微《かす》かに嫌な予感をおぼえた。男に手を握らせながら、自分でも笑顔を作ってみたがその予感はどうしても振り払うことができなかった。

「あたしのこと、変な女だとあなたも思ってるでしょう？」と彼女は言ってみた。

「そんなことは誰も思ってないよ」と男が言い返した。「きみの思い過ごしだ。あの新聞記者だって奥さんの親友だとわかってるから心配してくれてるんだ。僕とおなじでこの街は初めてだし、あの夫婦には子供もいない、これからもときどき集まりましょうって、旦那のほうが食事会のときにも言ってただろう」

でもそんな話は本当はどうでもよかった。

竹中昭彦が椅子に腰かけその背後に彼女が立つという位置関係は、二人が初めて出会った日のことを思い出させた。昔のあの男ほどにぎやかなお喋りではなかったが、竹中昭彦もまた一言一言で彼女を笑わせ、その日のうちに会う約束をさせてしまったことに変わりはなかった。

似たような出会い方、似たようなつきあいの始まり方。いつか先で男の抱えた問題が重くのしかかって来て、あたしはいまよりももっと悩むのではないか。起こるのはいつも心の中でいちばん恐れていること。この男のせいで、またもう一つ、あたしは人生最悪の時期を迎えるはめになるのではないか。

「話はここまでにしよう」と竹中昭彦が言った。「あとは二人で飯を食ってからにしよう。さっき話したおでんの屋台はちょっと面白い店なんだ、還暦を過ぎてピアスの穴を開けたっていうおばちゃんがやってる。おまけに映画好きでね、『フォレスト・ガンプ』も見たそうだからきみとも話が合うと思うよ」

彼女の手を握っていた男の手が離れた。男は椅子から立って彼女の前に立ち、さっきまでとおなじ手でこんどは彼女の髪の毛に触れた。

「行こう」

「冷や酒を飲むの？」と有坂弓子は気分を変えて言った。「あたしはいやよ」

「冷や酒が苦手ならビールでも飲めばいい」

それから男はもう一度、行こう、と呟いて顔を寄せた。

有坂弓子は唇に男の唇を感じながら、一カ月前までのいつもの夜と同様に、ふたりで入れ替わりに浴びるシャワーと洗濯したての清潔なシーツのことを思った。

7

そしてまた月曜の朝が来て彼女は散歩に出た。

ゆうべマンションに泊まった竹中昭彦はまだベッドの中で汗をかきながら眠っている。悪い夢にうなされて目覚め、そばに彼女がいないことに気がつけば、あとから自転車で追いかけて来るかもしれないけれど。でもそれよりもいまは今朝のスピーチで何を話すか考えるほうが先決。緑の葉のたっぷりと繁《しげ》ったプラタナスの並木道を彼女は桟橋へむかって歩いて行く。

潮の香りがただよいはじめ、連絡船の待合所の入った建物が近づいたあたりで右へ、間近に海を見ながら歩ける誘導路のほうへ曲ろうとしたとき、背後から靴音が響いた。と思う間もなく、彼女が短い悲鳴をあげたのは男の持つ鞄《かばん》が尻に当たったからである。駆け足で追い抜こうとする男を振り向きざまに避《よ》けようとしたのが失敗で、むこうはむこうで彼女を避けるために方向を変えようとしたところだった。

「失礼」と脇に跳びのいた男が頭を下げ、次に「ごめんなさい」と言ったときにはもうこちらに背を向けて再び待合所のビルのほうへ走り出していた。

「ねえ」思わず彼女は大声で呼びかけていた。「ねえ、ちょっと待ってよ。ごめんなさいですむと思ってるの？」

十メートルも駆け出したところで男は急に立ち止まり、首を振り振りまた小走りに戻ってきた。

「わざとやったんじゃないよ。あのね、おれがそっちに避けようとしたら、あんたもそっちに、なんだおまえか」

「あたしよ」と彼女は答えた。「なんでこのあたしに気づかないのよ」

「勘弁してくれよ、一分一秒をあらそってるときに」

「どこ行くの、そんな恰好で。ネクタイなんか締めて、お見合い？」

「冗談言うな、あのな、いやもういい、そんなことはいい、おまえの冗談につきあってる暇はない、出張なんだ、これから島に靴を売りに行く、時間がない」

「靴を売りに行く？　あなたが？　出張？」

「始発の連絡船に乗るんだよ、ああもうほんとに一分しかない、じゃあな、またな、元気でな、ああ、気が向いたらいつでも電話してくれ、かみさんに紹介するから」

万が一、気が向いたとしても、四年前に別れて今日まで一度も会わなかった男の電話番号など知りようがないし、万が一ということもあり得ないだろうと彼女は思った。片手に黒い鞄、片手に脱いだ上着を持って全力で駆けてゆく男を見送りながら。きっとまたあの男とは四年くらい一度も会わないまま時が過ぎるだろう。

それにしてもあの男が、と笑顔になりながら彼女は海岸沿いを巡る誘導路を歩き出した。仕事もしないで毎日パチンコに通い、悪い遊びばかりしていたあの男が、月曜の朝から出張？　かみさんに紹介するから？

彼女は忍び笑いをしながら海岸沿いに歩き続けた。時がたてば男は変わってしまうのだろうか。どんな問題も自然に片がついて、問題が問題でなくなってしまうものだろうか。この四年ぶりの束の間《つかま》の再会は悪い気がしなかった。ゆうべから心の中でしこりになっていたものがすっとほぐれたような気持さえした。時がたてば、時間さえかけてゆっくりつきあってゆけば、竹中昭彦の言うように、お互いをわかり合える日がいつか来るのかもしれない。

竹中昭彦のつむじは頭の天辺《てっぺん》近くにあって、しかも後頭部の右側がすこし出っ張っているのでうまく刈り上げるのが難しい。最初に美容室の客として竹中昭彦を受け持ったとき、彼女はまずそんなことを思った。

あとで本人から聞いたところによると、その日、竹中昭彦は買ったばかりの自転車で床屋に出かけようとして雨に降られた。ただ濡《ぬ》れるのがいやだという理由で、彼はとっさに目についた美容室で髪を刈ることにしたのだった。

これくらい短くでもいいですか？　と合わせ鏡を見せられても、もっと、もっと刈り上げてくれと何度も頼んだのは、カットする時間が長引けばそれだけ彼女と話す時間も長くなると考えたからだった。本人がのちにそう打ち明けたのだ。おかげで彼の髪はこれ以上短くできないほどの刈り上げになったし、次の店休日には彼のほうでも休みを合わせて二人で『フォレスト・ガンプ』を見に行く約束まですることができた。帰り際にレジのそばに立った彼女の顔には、刈りすぎた男の髪の毛が気の毒なくらいくっついていた。できれば僕の手でそっと払い落としてやりたいくらいだったと、これものちに竹中昭彦が出会いの日を思い出して語ったのだった。

月曜の朝、いつもそこに腰かけて海を眺める木製のベンチで有坂弓子は考えている。朝礼での誰も真剣に聞く者のいないスピーチのことなどではなく、いまいちばん肝心なことを。時がたてば、いやでも二人はわかり合えるようになるという男の言葉を。

有坂弓子はいま、その男の言葉に賭《か》けてみようかという気持になっている。自分ひとりであれこれと悩む前に、男の言葉を信じて、たとえばゆうべ洗いたてのシーツの上で身をまかせたように男の言うがままに、ただ時が過ぎてゆくのを待ってみようかという気持になっている。それがもしできれば。

それがもし若いときにできていれば、あたしはとっくの昔に誰かと結婚して今頃は子供の世話でも焼いているだろう。姉の悲哀。あたしがゆきおくれたのは妹の寝顔を見てしまったせい、もっと言えば、姉として生まれ育ち、幼い妹の寝顔を見守り続けてきたせい。そんなふうにどうしても考えてしまうのは自分への言い訳に過ぎないのだろうか。

深緑色の波ひとつ立てない穏やかな朝の海を眺めながら、潮の香りを嗅ぎながら木製のベンチにひとり腰かけて有坂弓子は考えている。今日いますぐにではなくて、いつかその話を男にするときが来ればいいと。何も急いでわかり合う必要などない、という男の言葉を信じて、話を聞いた男がたとえ何を思おうと、何を答えようと、いつか、その話をするときが本当に来ればいいと。

事の次第

I

「チャカ？」

と少年は聞き返して大げさに眉をひそめた。

「チャカって言ったのか？　あんたのこの名字はなんて読むんだい？」

「さいぐさ」と彼は答えた。

「チャカっていったい何のことだ？　七種《さいぐさ》さん」

カウンター席にひとかたまりになった若い客のあいだで笑い声があがった。少年はそちらへちらりと視線を向けた。それからもう一度、テーブルの名刺に目を戻して言った。

「なあ、何のことだ？　七種あゆむさん」

「ここで待つように言われたんだ」

「誰に」

「きみは誰にここに来るように言われた」

「妙な言いがかりだな」少年はタバコを取り出してマッチを擦った。「おれは誰の指図も受けちゃいない、通りすがりにコーヒーが飲みたくなって寄ってみただけだ」

「僕と会うように言われたんじゃないのか」

「その名刺はしまいなよ、七種あゆむさん」

「ジェームズ・ブラウン」とカウンター席で誰かが言った。「そのおばさんの、髪形がジェームズ・ブラウンに似てると思ったら笑いが止まらなくなって」

「どちらの美容室で？　って訊《き》いてみればいいんだ」

再びカウンター席で哄笑《こうしょう》がおこった。数人の男の声のなかに一つだけ女の甲高い笑い声が混じっている。少年がまたそちらへ気のない視線を投げた。通りすがりに道の反対側をちらりと眺めるような感じだった。

「こないだはマイケル・ジャクソンって言ったでしょ」

「それは別の話。化粧した顔がそっくりの女の人が近所の魚屋にいてさ」

「いつごろのマイケル・ジャクソン？」

「最近のビデオクリップに出てる。ほら、この曲だよ、いま有線でかかってる」

「ユー・アー・ノット・アローン」

「魚屋っておまえんとこの近所のスーパーのか？」

「あるくと読むんだ」と彼は言った。

「えっ？」少年は飲みほしたコーヒーを受皿に戻した。

「歩と書いてあるくと読むんだ」七種歩は名刺を背広の内ポケットにしまった。「さいぐさ、あるく」

「それで」少年は横の壁に注意をそらした。壁には、少年の顔とほぼおなじ高さの位置に、地元のバンドの野外コンサートのチラシがピンで留めてあった。七種歩は咳払《せきばら》いをして、声をひそめた。

「ここで待てば相談に乗ってくれる人物が現れると言われた」

少年はチラシの右下隅に斜めに刺さっているピンの頭をつまんで真っすぐに直した。そのあとで、埃《ほこり》でもついたのか指先を擦り合わせた。

「相談？」

「拳銃が手に入らないだろうか。もちろん、実弾も一緒に」

「そうか」少年が顔をあげた。「チャカっていうのは拳銃のことなのか。新聞記者はみんな拳銃のことをチャカって呼ぶのか？」

「僕の言葉遣いが気にさわったのなら許してほしい」

少年は口を開きかけてやめ、考え込むような表情になった。しばらくすると目を細めて七種歩の台詞《せりふ》をなぞった。

「僕の言葉遣いが気にさわったのなら許してほしい、か。何かのときに使えそうだな」

「答えてくれ」七種歩は焦《じ》れた。「僕の欲しいものは、きみに頼めば手に入るのか、それとも無理なのか」

「無理だね」少年はあっさり答えた。「無理に決まってるだろう、チャカなんて、そんな物おれは見たことも聞いたこともない」

「そうか」

「シャブなら土産にくれてやるほど持ってるけどな。そっちは間に合ってるかい？」

こんどは七種歩が口を開きかけてやめた。これ以上喋《しゃべ》るのが億劫《おっくう》だった。こんな場所で――街の真ん中の、暇な学生たちの溜《た》まり場になっている硝子張りの明るい店で――そもそも拳銃など手に入れられるわけがないのだ。

「冗談も通じないのか」少年はうつむいてポケットから二つ折りにした札束を引っぱり出した。その中から千円札を一枚テーブルの上に置いた。「記事にするときは、いまのシャブの話は受けない冗談だって忘れずに書いといてくれ。じゃあ、おれはもう行くよ」

「ここは僕が持つ」と七種歩が言った。「拳銃のことは記事になんかしない。そんなつもりで頼んでるわけじゃない」

「悪いけど」少年は首を振り、立ち上がりかけた。「あんたは場所も相手もまちがえてるよ」

「じゃあ、僕はどこへ行けばいい」

「そんなことは知らない。まあ、いちばん確かなのは警察だろうね、知り合いの刑事にでも頼めば安く分けてくれるかもしれないぜ」

真顔でそう言ってのけると少年は立ち上がった。

店の扉が開き、若い男女二人ずつの新しい客が入って来て、一つ置いた隣のテーブルがにぎやかになった。

少年は去り際に微笑を浮かべた。席についたままの七種歩の肩を片手でつかみ、軽く揺すぶりながら、

「なあ、おれの言い方が気にさわったら許してくれよ」

と言った。

2

目を覚ました妻がベッドの端に腰かけて伸びをし、一つあくびをする。

それからまるで今朝もまた目覚めたことを後悔するかのような低い唸《うな》り声とともに立ち上がり、厚手のカーテンを半分だけ（ベランダに向いた窓一枚分だけ）勢いよく開けて、レースのカーテン越しに外の光の具合を確かめると寝室を出て行く。そこまでの気配を、七種歩は隣のベッドの中でうかがっていた。

時刻は八時半を少しまわったところだった。あの女は、どんなに夜遊びをして帰っても、翌朝は決まった時刻に起き出してシャワーを浴びる、と七種歩は妻のことを思った。自分の妻の感心すべき点は早起きということだけだ。早起きの美点だけは結婚して十年たっても変わらない。

あれはやはり幼い頃からの両親の躾《しつけ》の賜物《たまもの》だろうか、といつもの癖で彼は考えかけた。定年まで銀行員として勤めあげた白髪の、目もとのあたりが気持悪いくらい娘にそっくりな父親と、季節の果物からスープ皿のセットから羽毛布団・毛布の類《たぐ》いまで、何かにつけて宅配便で送りつけるのが趣味の、いくつになっても娘を「まゆみちゃん」と呼ぶ母親のことを考えかけて途中でやめた。朝からうっとうしい気分になるだけだ。

今朝は早くから社に出る必要もないので、もう一度目を閉じて眠り直そうとつとめたが無駄だった。七種歩はベッドの中で耳をすましてみた。バスルームからＤＫ、リビングを抜けて寝室まで、妻の使うシャワーの飛沫《ひまつ》の音が伝わるかと思ったのだが聞き取れるわけがなかった。

しばらくすると寝室のドアが開いた。カーペットを動きまわるスリッパ履きの足音と、洋服箪笥《だんす》を開け閉めする音、ハンガーごと服を掛け替える音、鏡台の上から必要なものをかき集める音などが遠慮がちとも言えぬ程度に聞こえたあと、寝室のドアは閉まった。

妻の気配がまた遠ざかった。七種歩はそれ以上眠るのを諦めて起きあがり、さっき妻がそうしていたようにベッドの端に腰かけて、近頃の習慣でひとつため息をついた。妻のベッドは掛布団が乱れたままだ。半分開いたカーテンの外は晴れ。タバコを吸いたかったが寝室には見当たらない。

もうじき妻は出かけるはずだからそれまで我慢しよう、と七種歩は考えた。毎日、遅くとも十時までには、彼女はまちがいなく外出する。第一に、今年の春に引っ越してきたこのマンションを彼女は天井が低く狭苦しいといって嫌っているし、第二に、水泳かエアロビクスか何かをやりにどこかのフィットネスクラブへ通っていることもある。そして第三に、朝からおれと顔を合わせるのを避けるためもあるだろう。あるいは第一と第三の順番は逆かもしれない。

七種歩は窓際に立ち、レースのカーテン越しに外の景色ではなく光の色を眺めた。もしいま、妻が忘れ物でも取りに寝室に入ってきたら、おはようと声をかけて、それから、今日は水泳の日なのかエアロビクスの日なのか、ひょっとしたら何か別の習い事の日なのか、さりげなく訊《たず》ねてみよう。あれこれ細かく訊かれることを彼女は何より嫌がるけれど、しかしそのくらいの関心は夫として持って当然だろう。

　そのつもりで身構えてみたが、いつまで待っても足音の戻って来る気配はなかった。外出用の服に着替えたあとで、それとも着替える前にだろうか、洗面所の鏡にむかって化粧している妻の様子を想像してみた。まるで知り合いか誰かの部屋に一晩だけ泊めてもらい、翌朝ざっと身づくろいして出て行く女のように。たとえ忘れ物を思い出しても彼女が寝室には戻るわけがない、と七種歩は思った。そろそろおれが起き出した頃だとむこうも気づいているはずだから。

　朝から顔を見合わせれば必ず、互いに、気まずい思いをする。ゆうべ帰りが遅くなった理由について、妻はしたくもない言い訳をしなければならないだろうし、おれはおれで、夫として、訊ねてみないわけにもゆかないだろう。その手の気まずさは、結婚して以来、何度となく経験している。むこうがこちらを避けているということは、取りも直さず、こちらも向こうを避けているのとおなじことだ。彼女は声もかけずに玄関を出て行くに違いない。それがいちばん賢明だと彼女は知っているのだし、おれがそうしてほしいと望んでいることも彼女は知っている。

　妻の気配が部屋からすっかり消えてしまったあと、七種歩はリビングでタバコを吸った。ソファに浅く腰をおろして、妻がオレンジジュースを底に三センチほど飲み残してテーブルに放置したグラスを眺めながら、時間をかけてタバコを一本だけ吸った。そのときコール音が鳴り響いた。

電話の本体はリビングとキッチンとの境目のカウンターの上に置いてあった。だがあるべき場所から受話器が消えている。七種歩は音を頼りに洗面所のほうへ歩いた。コードレスの受話器は洗面台のそばの洗濯機の上に載っていた。

通話ボタンを押して耳にあてる寸前に、彼は微《かす》かな香りを嗅ぎ当てた。その香りは彼に『冬』を連想させた。受話器からは顔見知りの男の不機嫌な声が流れた。

「七種さん、あんたどうかしてるんじゃないのか。なんで名刺なんか渡すんだ、やばい取引に本物の新聞記者の名刺なんか使ってどうするんだよ」

「相手は子供じゃないか」連絡があったら言おうと決めていたことを七種歩は言った。

「あんな子供じゃこっちが信用できない。他を紹介してくれ」

「おいおい」

「もうひとりだけ紹介してくれれば今度はうまくやる、名刺なんか渡すつもりはない」

「勘違いするなよ、七種さん」電話の相手は声を押し殺した。「おれはアルバイトでポンビキやってるわけじゃないんだからな。いいか、もうひとりもなにも他はいない。おれが話を持ってけるのはあいつだけだ、黙って聞け、あいつは見た目はどうでもこの辺の若いのをぜんぶ仕切ってる男だ、あいつに頼んでだめならどこへ行ってもだめなんだ、わかったか？」

「しかし、あれはどう見ても」

「チャンスは一回きりだ」電話の声がさえぎった。「もう一回だけおれがお膳立てする。それで最後だ、それであいつにあんたが気に入られなきゃ話はそこまでだ、いいな？」

「わかった」と七種歩は答えた。

「約束を忘れるなよ、七種さん。これで、この話がどうなろうと、おれの借りはチャラだからな」

　電話が切れたあと、しばらく迷ったあげくに七種歩はキッチンへ入って行った。妻の母親から届いた林檎《りんご》の箱詰が床の隅に置いてあった。念のために腰を折り、鼻先を近づけてみたが、さきほど嗅ぎ当てた香りはそこから来るのではなかった。あれは冬の果物の香りなどではなかった。けれど、ではなぜ嗅ぎ当てた瞬間に自分は『冬』を連想したのだろうか。

　七種歩は洗面所に戻り、聞き取りがたい音に耳をすますようにその場にじっとたたずんで、見えない香りを探した。それからふと、洗面台の上の壁に作り付けられた棚に目をやった。片手に握ったままの受話器を洗濯機の上に置き、彼は棚の扉を開いた。

その棚の扉を開いた瞬間に、七種歩はさきほどとおなじ香りにつつまれていた。彼はまた『冬』を連想した。昨年の冬、一昨年の冬、過去のいくつもの冬のことを思った。だがそれらは一つとして具体的な記憶には結びつかず、ただ懐かしさに似た雰囲気のようなものが鼻先によみがえりかけただけで、首をかしげる間もなくじきにかき消えてしまった。

3

最初に二人を引き合わせたとき、妻はこの男と寝るだろうと七種歩は思った。

男は三十九歳で独身だった。中年と呼ばれるにはほど遠い引き締まった身体《からだ》つきで、スーツの着こなしもうまく、年齢よりも十歳若い体力を保持していた。トレーニングジムで鍛えてるおかげで年よりずっと若く見られるし、喧嘩《けんか》しても二十代の男に負けないくらい体力には自信があるけれど、実はあと三カ月で四十になる独り者なんです、と照れもせずに本人がそう語ったのだ。

それは男の父親の「古稀《こき》」を祝うパーティ会場でのことだった。

七十歳を迎えたパーティの主役がどれほどの有力者かは、市長をはじめ党派を問わず県会議員のかなりの数が出席していることからも見てとれた。地元出身の現役の大臣からも当然のごとく祝電が届いていた。招待客のほとんどは初老もしくは老人で、コンパニオンの娘たちを除けば、ぎりぎり三十代の顔触れは七種夫妻と、それから主役の息子のたった三人と言っても言い過ぎではなかった。ちょうど本社に転勤してきたばかりの頃で、七種歩が妻を伴ってその場にいたのは、「この街のお偉方の顔をおがんでおくといい」という上司の配慮からだった。

七種まゆみと初めて会った男はたいていこの女と寝たいと願う。それは決まっている。酒飲みが初めて見た酒瓶に手を伸ばさずにいられぬように、味わったことのない酒を一口味わいたいと願わずにいられぬように、例外がない。だが、そのパーティ会場で彼女の関心をひいたのはその三十九歳の男だけだった。だからその男が、この街での彼女の最初の浮気相手になった。

半年前にパーティ会場として使用されたホテルの、一階のロビーで待ち人を待ちながら、七種歩はすでに四十歳の誕生日を迎えているはずのその男のことを思っていた。転勤してくる前に住んでいた街で妻の浮気相手に選ばれた何人かの男たちと、今度の男はいささか違っている。そう思っただけで七種歩は落ち着きをなくした。

初対面での男の如才のなさを彼は思い出してみた。如才のない笑顔とは裏腹に、言葉のはしばしに感じられる押しの強さ、相手を呑《の》んでかかるような大げさな目付き、握手をかわしたとき不穏当にこめられた男の握力を思い出してみた。が、そんなことより、何よりもいままでと違ったのは男が未婚という事実だった。四十歳まで独り者でいつづける男の存在は、七種歩の理解を超えていたし、だいいち薄気味が悪かった。

約束の時刻を十五分過ぎても待ち人は現れなかった。そのことが輪をかけて七種歩を落ち着かない気分にさせた。次の十五分が過ぎて腕時計が四時半を差したとき、彼は注文した二杯目のコーヒーを飲み終えていて、ソファの背にもたれ、薄く目をつむって頭を切り替えようとつとめた。

今朝、洗面所で嗅ぎ当てた香りのことを考えてみた。香りのもとは棚に置かれた小さな瓶の中にあった。木の葉をかたどった硝子の容器の中の琥珀《こはく》色の香水。銀色の金属のキャップをはずして、好奇心から一度だけスプレーしてみると、顔をしかめるほどの甘ったるい匂いが漂い、場所を移動してもいつまでも首のまわりに立ち込める霧のように消えなかった。

あの香水がなぜ一瞬でも『冬』を連想させたのか、ともう一度考えかけて七種歩は目を開いた。腰のベルトに取り付けたポケットベルが鳴っている。発信元の番号を確かめて、七種歩はロビーの片隅に置かれている公衆電話のほうへ歩いていった。

「キャンセルです」と電話の相手は急ぎの口調で言った。「連絡が遅くなってすいません。いま社に戻ったら机にメモが置いてあって、訊いてみたら誰も七種さんに知らせてないというんで、あわてて」

「キャンセル？」七種歩は聞き返した。「もう三十分も待ってるんだ」

「むこうでのサイン会が盛況だったらしいです。今夜中の飛行機には間に合わないから明朝、こっちでの講演の前にインタビューに応じる、と」

「お忙しいことだな、賞を一つ取ったくらいで」

「まったくです、あ、ポケットベルが鳴ってますね」

うつむいて発信元を確認している隙に、年下の同僚からの電話は切れていた。

七種歩は受話器を持ったほうの指先でフックをひと叩《たた》きし、カードを入れ直して見慣れぬ番号を押した。

「七種さんですね」と男の声が言った。「関岡公一探偵事務所の関岡です、御依頼の件、報告書がまとまりましたので」

七種歩は受話器を持ち替えてメモの用意をした。

「それで？」

「まあ読んでみてください、どこかでおめにかかるか、それとも郵送したほうが？」

「いや、その前におおよそのところを聞かせてもらえませんか」

「おおよそのところ」相手はそこで考えをまとめるように区切りをつけた。「何と言うか、お忙しいやつですよ、あの恩田《おんだ》のせがれは。まったく、あれで厄年とはとても思えない」

「仕事の内容は？」

「仕事の内容は単純です、ゼロに等しいです。一つは肩書だけの専務をやってるサルベージ会社と、それから恩田の親父が数年前に借金のかたに乗っ取ったナイトクラブを一軒、任されてはいるんですがね、店には夜中の十二時過ぎにその晩の売上げを集めに顔を出すだけです。昼間は毎日まいにち飽きもせずにトレーニングジムに通ってます。で、そこで体力をつくって、夕方からがにわかに忙しくなる。実はね、あたしがお忙しいって言ったのは仕事じゃなくて女出入りのことなんです」

「とりあえずその店の名前と場所を」と言って七種歩はボールペンをかまえた。

「この一週間で確認できただけでも三人います。二十代のなかばくらいの女がふたり、それともう少し年配の、三十前後の女がひとり」

「三人も？」

「ええ、この一週間で確認できただけで。つきあい方もそれぞれ自宅のマンションに呼びつける、相手の部屋に出向く、愛車のベンツで郊外のホテルに連れ込む、とある程度考えて変化をつけてるようです。器用なやつです。何でしたら、その三人について今後も調査を続けてみましょうか」

「いや、相手の女には関心がない」

「それは残念です」冗談ともつかず私立探偵は答えた。「御説明した三人の中でも、三十前後の女というのが、何て表現すればいいのか、想像を絶するほどのいい女です。あたしは四十数年生きてきてあれほど美しい女は初めて見た。いちおう報告書に写真は添えられてありますがね、はっきり言って実物はこんなもんじゃないです。もしあたしが恩田のせがれだったら、二十代のふたりはほったらかして一週間をぜんぶ彼女のために捧《ささ》げるだろう。あたしに言わせれば恩田のせがれの目は節穴だな。それとも、あれでしょうか、あたしにはその辺はよくわからないが、二十代の若い女には若い女なりの捨てがたい面があって」

「恩田が父親から任されている店の名前と場所を教えてもらえませんか」

「報告書はどうしましょう」

「しばらくそちらで保管しておいてください。今日明日は会ってる暇もないし、必要になったらこちらから連絡します」

「承知しました。メモの用意はいいですか？」

私立探偵の読みあげる店名と住所を手帳に書き留めながら、七種歩は話を前に戻して質問してみたい衝動にかられていた。

私立探偵の目には年齢が三十前後と映ったらしい自分の妻と、恩田はどこで会っているのか。恩田がつきあっている三人の女のうち、自宅に通ってくるのは誰で、郊外のホテルを利用しているのは誰なのか。

だが手帳に半頁ほどのメモを取り終わり、ほかに何か？　と相手が訊ねたあとで電話が切れるまで、七種歩はなんとかその質問を堪《こら》えることができた。

4

石段の上り口をふさぐように細長いテーブルが一台設置され、その周囲にお揃《そろ》いの黄色いジャンパーを着た若者たちが群れている。

しばらく離れたところに立ってそちらを見守っていると、入場者はそのテーブルの前でチケットの半券を千切ってもらい、同時に使い捨てのカイロを一つずつ受け取って石段を上って行く、という流れが理解できた。

七時半に来いと指示されて来たのだが、腕時計はすでに八時十分前をさしていた。野外コンサートの開演時刻はとっくに過ぎている。石段を上りつめた広場からは、数百人分の喚声《かんせい》が演奏の音よりもよほど大きく沸き上がり、七種歩の立っている場所まで降ってきた。

七種歩はためらっていた。月に一度の、土曜の夜の若者たちの集まりの中へ、くたびれたコート姿の中年がひとりだけ混じるのは気が引けた。コンサート会場の広場の下で待てと指示されたのか、それとも広場の中へ入って待てと言われたのか、その点も曖昧だった。

入場口のテーブルの周囲を除いてあたりはほの暗く、空気は冷えきっていた。だいいち自分は今夜のチケットも持っていないのだし、と七種歩はなおもためらいながら付近を見渡してみた。こちらへ向かって近づいてくる影は見当たらない。石段の上の広場でマイクロフォンを通してひび割れた声が群衆を煽《あお》っている。吠《ほ》えるような一声、一声に、若者たちが喚声で応《こた》えている。七種歩はコートのポケットに両手を入れて肩をすくめながら、受付のテーブルのほうへ歩き出した。

「おじさん」と黄色いジャンパーのひとりが待ち構えて言った。「チケットは持ってるのかい？」

七種歩は首を振った。背中に黒文字でＳＴＡＦＦと記された黄色いジャンパーの別のひとりが振り向きもせずに、

「カイロが欲しいんじゃないのか？」

と言い、スタッフの円陣の中から忍び笑いが洩《も》れた。

「チケットはいくらだ」と七種歩は訊ねた。

「チケットだけ買ってもだめだ」と最初の若者が言った。「ＩＤカードがないとここ

は通れない」

「カイロだけ分けてやれよ」と別のスタッフが言い、

「おじさん、勘違いするなよ、おれたちはここでカイロの出店をやってるわけじゃないんだ」とまた最初の若者が言った。

「チケットはいくらだ」と七種歩は繰り返した。

「しつこいやつだな」

「入れてやれば？」と女性スタッフの声が言った。「あんまり大人をからかうもんじゃないわよ」

「だけど、こいつ怪しいと思わないか、さっきからあんなところにぼーっと突っ立って」

「七種さん」と石段の上のほうから男の声が呼んだ。

黄色いジャンパーのスタッフが揃って黙り込み、声の主が若い女を伴って降りてくると七種歩と向かい合って立った。声の主は少年だった。数日前に街なかの喫茶店でテーブルをはさんで向かい合ったあの少年に違いなかった。

そのときになって初めて、七種歩は少年のほうが自分よりもわずかに背が高いということに気づいた。タートルネックのセーターに同系色のジャケットを合わせた少年の立姿は、数日前の記憶の中のイメージよりもずっと大人びて見えた。

「寒いのに、こんなとこに呼び出して悪かったね」少年は片手に持っていたコートに腕を通しながら歩き出した。「行こう、この先に車を停《と》めてある」

　連れの若い女が黙ってそのあとを追った。するとスタッフ連中のあいだから、まるで金縛りが解けたようにざわめく声があがった。そのざわめきには女の美しさに対する感嘆の意味がこめられていた。純白のコートに身をつつんだこの娘はそれほど、取り残された同年配の若者たちの心に動揺を生じさせるほど、際立って美しい。七種歩は少年の横に並びかけながらそう思った。

「さっき話してた知り合いの新聞記者だ」少年は娘に語りかけて、七種歩に向き直った。「七種さん、よかったら名刺を」

　本気で名刺を渡せと言っているのではない、たぶん、こないだの喫茶店での一件を皮肉っているのだろう、と七種歩は思った。だが少年は七種歩の視線をとらえると、強く促すように顎をしゃくって見せた。

「な？　言っただろ」七種歩の手から奪い取った名刺を娘に示して少年は笑顔になった。「おれの知り合いは怪しい人間ばかりじゃないんだよ」

　笑い返しはしたのかもしれないが、七種歩の耳に娘の声は届かなかった。

　それからあとは三人で黙々と歩き続けた。

　砂利の敷き詰められた小道をそれて枯れた芝の上をたどり、一段低くなった駐車場へほんの短いスロープを降りた。少年はそこで立ち止まり、娘の肩にかかる髪に手を触れながら、穏やかな声で言い聞かせた。

「七種さんとちょっと話があるんだ。車の中でひとりで待ってられるな？」

七種歩は娘が少年に向かってうなずく横顔を見守り、少年から渡された車のキーをつつみこむ娘の手と指の形に目をこらし、そして自分のほうへ一言「さよなら」とつぶやく声を聞いた。白いコートの裾がひるがえり、駐車場の奥の闇にまぎれた。

「素人のコンサートなんて趣味じゃないんだ」セーターの首回りを伸ばしながら少年が言った。「彼女の大学の先輩がバンドをやってるんで試しに覗いてみたけど、金を払って見る値打ちなんかない。女四人のバンドだよ、どうせ汗をかくんなら、ついでにストリップでもやってくれりゃ、まだ一緒になって騒げるのにな。どうした？　おれが女子大生と交際してるのがそんなに不思議か？」

「きれいなお嬢さんだ」と七種歩は言った。

「あんたの奥さんとくらべてどうだ？」皮肉っぽい口調で少年が訊ねた。「聞いたよ、新聞記者の七種歩の女房は評判の美人だって。なあ、どんな気分なんだ？　みんなが見とれるような女を独り占めにする気分ってのは」

「用があるというからここまで来たんだ」七種歩はため息をついた。「僕の家内を紹介してほしいのか？」

「冗談も言えるんだな。用があるのはそっちだろう、あんたの気がまだ変わらないのなら、ひとつ相談に乗ろうって話だ」

「金は言われた通り用意してきた」

「そう急ぐなよ、七種さん」少年は七種歩の肩を抱くようにして、さきほど娘が去った方角とは逆へ足を踏み出した。「いいか、その前にあんたに一つだけ言っておきたいことがある」

「このことを記事にするつもりはない」七種歩は少年の手を振り払った。「何度言ったらわかるんだ、僕はただ拳銃を売ってほしいだけだ」

「いいから黙って聞け」少年が七種歩のコートの襟をつかんだ。「俺たちには俺たちの世界がある。新聞記者には新聞記者の世界があるようにな。どっちもこぢんまりした世界だ。世界が広いって言い草は嘘《うそ》だぜ、七種さん。この世界はいくつもの小さな世界に分かれてて、たいていの人はそこから出てゆきたがらないし、事実、行ったり来たりはめったにない。あんたとおれがこんなとこで話してるのは何かのまちがいで、おれがあのきれいなお嬢さんと知り合ったのも何かのまちがいだ。おれにはそのことがよくわかる。ところがあんたはいま、何もわからずに自分の世界を踏み越そうとしてる」

「いったい何の話をしてるんだ」

「チャカの話だよ、七種さん。あんたは見たことも触ったこともないだろうが、本物のチャカってのは、他人も殺せるし、てめえだって殺せるんだぜ」

それだけ喋ると、少年は興奮して力をこめてしまったことを恥じるように、七種歩のコートの襟元の乱れを直してみせた。

「おれの言い方が気にさわったら許してくれよ。でもな、おれの言った意味はわかるか?」

「わかってるつもりだ」と七種歩は応えた。

「とびきりの美人を女房にして、毎月いい給料をもらって、いったい何の不満がある?」

「何を言っても無駄だ」七種歩は言い返した。「いったいきみはいくつなんだ、きみに四十年も生きた男の気持がわかるか?」

少年は答えなかった。相手の言葉を吟味するように、うつむいてポケットからタバコを取り出し、ゆっくりとした仕草でマッチを擦り、時間をかけて一息吸うと、それで次にやるべきことの決心をつけた様子だった。

少年がタバコを持った手を闇の向こうへかざした。七種歩が振り向いた視線の先で、だしぬけに一台の車がヘッドライトを灯《とも》した。

「あの車に乗ってくれ」と少年が言った。「あんたとはこれっきりだ」

「どういう意味だ？」

「むやみに人に名刺を渡すもんじゃないって意味さ」少年はさっき奪い取った名刺を七種歩のコートのポケットに押し込んだ。「たぶんあの車の男が相談に乗ってくれるだろう」

「金もその男に渡せばいいのか？」

返事はなかった。

足早に歩き去る少年と、車のほうとを交互に見やって束《つか》の間《ま》、七種歩は立ちつくした。

まもなくヘッドライトが闇の底を嘗《な》めるように近寄ってきた。

5

すでに看板の明りを落とした建物の、一階の出入口に寄せてその車は停められていた。濃紺のベンツだった。七種歩は私立探偵の電話での報告を思い出し、この車にまちがいないだろうと見当をつけた。

時刻は真夜中の十二時を過ぎている。七種歩はバーを二軒はしごしたせいで多少酔っていた。ここへ来るために、時間を潰しがてらウィスキーの水割りを飲み続けていたのか、それともウィスキーの水割りを飲み続けているうちにここへ来ることを思いついたのか、その点がもはや曖昧だった。

酒場が軒をつらねた歓楽街のはずれに七種歩は立っていた。

恩田が父親から任されているという店は、木造の薄汚れた倉庫のような建物で、二階へ出入りするための階段が一階の壁を四角く刳《く》り貫《ぬ》いて設けてあった。階段には黒ずんだ赤い絨緞《じゆうたん》が敷かれていることを、一度覗《のぞ》いて確かめたけれど、七種歩はそこを上ってゆくつもりはなかった。

今夜、恩田に会うつもりなどなかったし、今夜に限らず、もともと会って話すべきことなど何もなかった。今度の場合は、いままでの妻の浮気相手と違って、自分が話しただけで片がつくとは到底思えない。電話で、自分が何もかも知っていることを仄《ほの》めかしただけで、うろたえて、甲羅に閉じこもる亀《かめ》のように妻子のもとに戻ってしまった男たちとは訳が違う。それはそもそもの始まりから、半年前のパーティで二人を引き合わせたときからわかっていた。

黒ずんだ赤い絨緞の敷かれた狭い階段を、大勢の靴音とにぎやかな笑い声が降りてきた。七種歩はベンツのそばを離れて暗がりへ身を避けた。

階段を降りてきたのは仕事を終えたフィリピン人のホステスだった。彼女たちは外へ出ると何より先に、まるで毎晩忘れずに繰り返しているおまじないのように、一人ひとり順番に、ベンツの運転席側のドアを蹴りつけるジェスチャーをしてみせた。それから連れ立って笑いさざめきながら歓楽街の中心のほうへ歩き去った。

　七種歩は暗がりを出てまたベンツのそばに歩み寄った。次に階段を降りてくるのは恩田本人かもしれない、そう思いながら、フィリピン人のホステスたちを真似《まね》て運転席側のドアを蹴りつける仕草をしてみた。酔いのせいか加減がわからず、ぼんと鈍い音がして微《かす》かにドアに靴の跡が残った。

　パーティ会場で知り合って五分もたたないうちに、しかも夫の目の前で、妻の手首を握って外へ連れ出した男の強引さを、七種歩は思い出した。会場に使用されたホテルの廊下の窓から、港に停泊中の大型船のイルミネーションが見られる。そんな話からいきなりのことだったような気がする。手首をつかまれた妻は、恩田の歩幅にあわせて小走りになりながら、こちらを一度も振り向こうとはしなかった。その瞬間に、妻はあの男といずれ寝るだろうと確信できたのだ。

　だがその夜、パーティがひけたあとで彼は恩田という男の無礼なふるまいについて口を閉ざした。妻との会話のなかで嫉妬めいたことは一言も口に出さなかった。ほんの些細《ささい》な嫉妬の口ぶりでも、言えば火に油を注ぐだけだと経験からわかっていた。ただ、何も言わなくても、彼が嫉妬していることを妻が見逃さなければ結果はおなじことだったし、どんなに微妙な変化であろうと、彼の嫉妬の表情を目敏《めざと》い妻が見逃すはずはなかったけれど。

こんな状態をいつまでも続けてゆくわけにはいかない。七種歩はこの数年間に何度となくそう思ったし、いまもコートのポケットの中で右手に力をこめながらおなじことを思っていた。だがいまのこの状態を変えてしまうために、ポケットの中で自分の右手が握りしめている物がどんな役に立つだろうか。

七種歩は例の少年の年齢に似合わない忠告を思い出した。

この世界はいくつもの小さな世界に分かれていて、人は自分の住む世界から出て行きたがらないし、行ったり来たりはめったに起こらない。だがもしそれが正しければ、と七種歩は酔った頭で考えた。今夜おれはじつに簡単に、世界から世界への境界線を踏み越えたことになる。むきだしの拳銃をコートのポケットに入れたまま、バーのカウンターで水割りを飲むのも悪くなかった。二軒目へまわる頃には右側のポケットの重さにも慣れてしまったし、バーテンや他の客たちは自分たちの小さな世界の出来事にしか関心がないから、今夜もう一つの世界へ境界線を踏み越えた人間のことなど気にもかけない。

黒ずんだ赤い絨緞を敷きつめた階段を軽やかに走り降りる足音が聞こえた。自分は変わってしまったのだろうか、と七種歩は思った。拳銃を手に入れたことで、たったそれだけのことで、いまのこの状態はすでに形を変えつつあるのだろうか？　手をどけろ、酔っ払い、と男の声が言った。

「汚い手でおれの車にさわるな」

おれの車、と言うからにはその男は恩田本人に違いない。だがほの暗いのと酔っているのと記憶が定かでないのとで、半年前に一度だけ会った男の顔の見分けはつかなかった。

「行け」と男が舌打ちをして命じ、おれと同い年のこの男は十一月もなかばの冷える夜にこんなに薄着をしている、と七種歩は心の中で思った。きっとトレーニングジムに通いつめている賜物だろう。

「さっさと行け」鮮やかなブルーのシャツ姿の男が蠅《はえ》を追うように手を振って二度目に命じ、コートのポケットに右手を隠したまま七種歩はその場を動かなかった。

男は諦めて車のドアを開けた。片手に持っていたセカンドバッグを助手席に放り、それから運転席に乗り込もうとして動きを止めた。ドアの下のほうを指先で撫《な》でてみて、うっすらと付いた靴跡に気づいたようだった。

「蹴ったな？」振り向いて男が言った。振り向きざまに二三歩駆け寄って七種歩の胸を突いた。

七種歩は後方へ倒れかけたところを男の手で胸倉をつかまれてどうにか踏みとどまった。倒れそうになった瞬間、反射的にポケットから引っぱり出した右手は拳銃のグリップを握ったままだった。

男は七種歩の顔を力まかせに殴った。二度殴りつけて抵抗がないのを見届け、もう一度殴った。

そのあと七種歩の身体は男に引きずられるようにして建物の裏手に移動した。建物の裏手は表よりもいっそう暗かった。足もとの感触で雑草に覆われた原っぱらしいことがわかった。そこで男は向かい合った七種歩の顔をまた殴った。胸倉をつかんでいた手を放し、放したかと思うと腹を蹴った。その一蹴りで七種歩は原っぱに大の字に倒れた。そこまでが、ものの三分とたたないうちに起こった慌ただしさだったので、七種歩の息も、男の息も弾んでいた。

「こんどやったら殺すぞ」と男が言った。

七種歩は大の字になったまま右手を持ち上げ、かろうじて銃口を男の声のほうに向けた。

「ほんとに殺すぞ」

と男は繰り返して雑草を踏みしだいた。続いて七種歩の顔をめがけて唾《つば》を吐いた。それから足音が遠ざかった。男の気配がすっと尾を引くように消えてしまい、あたりに静けさが降りた。

耳をすましても聞こえるものは自分の弾む息だけだった。

七種歩は拳銃を握った手を地面に戻した。

殺すぞ、という男の捨台詞を思い出して笑いかけて、身体のあちこちの痛みに顔をしかめた。だが一番ひどいのはしかめた顔の痛みだった。拳銃を握ったまま右の肘をついて上体を起こした。そのときふいに頭の隅に浮かんだのは、妻でもその浮気相手でもなく例の少年の顔だった。

世界から世界への境界線を今夜おれは踏み越えた、と心の中で呟《つぶや》きながら七種歩は立ち上がった。もしそうであればいい。何もかも変わってしまったほうがいい。こんな状態を、こんな行き詰まりの人生を長く続けてゆくわけにはいかない。

七種歩は拳銃を握った手を再びコートのポケットにしまった。そして暗い原っぱからほの暗い表通りへと側溝を跨《また》ぎ越しながら、右よりも何倍か腫れあがったように思える左の頬のずきずき脈を打つ痛みに耐えた。

6

タクシーを拾ってマンションに帰り着いたのはそれからおよそ三十分後のことだったが、妻は先に帰宅していた。

ドアを開けると玄関の上がり口の照明がついていたことでもそれはわかったし、真新しい女物の靴が一足きちんと揃えて置かれていることでもわかった。そのうえほんの微かにだが『冬』を連想させるあの香りを嗅ぎ取ることもできた。

　七種歩は照明のスイッチを切り、洗面所へ向かいながら少し意外な思いにとらえられた。今夜、恩田は夫の自分をさんざん殴りつけたあとで妻を抱くわけだと、タクシーの中でぼんやり考えていたのだが、どうやら順番は逆だったようだ。

　洗面所の鏡に映った顔は心配したほどひどくもなかった。左半分が赤くむくんではいるが右の三倍にもというわけではないし、血も滲《にじ》んではいない。ただ左目の目尻のあたりが腫れて視界が狭くなっているだけだ。大騒ぎするほどでもない。七種歩は寝る前の習慣で歯ブラシを握り、口の中の左頬の裏にあたる部分の痛みを堪えながら歯を磨いた。

　洗面所の明りを消し、歩きながらリビングの明りを消して寝室に入った。室内はじゅうぶんに暗かったので、目が慣れるまでしばらく自分のベッドの端に腰かけて妻の寝息を聞いていた。

　それから洋服箪笥の前に立ち、ドアをそっと開け閉めしてコートをしまった。拳銃は、ドアを閉める前にポケットから取り出して、ひとまずベッドの枕もとに置いた。今朝脱ぎ捨てたまま掛布団の上に放ってあったパジャマに着替え、上着とシャツとネクタイとズボンを一つのハンガーに掛けて、いつものように箪笥の角に吊《つ》るした。

「何時なの」

と妻の声が訊ねたのは、七種歩がベッドの枕もとに立って、さきほどそこに置いた拳銃に右手を伸ばしかけたときだった。

「たぶん一時過ぎだ」と彼は答えた。

「何かあったの？」

窓際のベッドで妻が寝返りをうってこちらを向く気配がした。七種歩は拳銃を枕の下に押し込み、自分のベッドに入った。

「何か大きな事件でも起こって忙しかったの？」

「いや」

「じゃあ、ただすっぽかしただけね」吐息のまじった掠《かす》れ声で妻が言った。「あなたが気に入らないのはどっち？　有坂《ありさか》さん？　それともボーイフレンドのほう？」

「忘れてた」と彼は正直に答えた。妻の高校時代の同級生と、そのボーイフレンドと自分たち夫婦の四人で、晩飯を食う話がそういえばあったような気がする。

「おかげで三人で盛り上がったわ」そう言って妻は小さく咳払いをした。「あのふたり、一緒に暮らしてるみたい」

「そうか」

「結婚式には呼んでくれるんでしょうって、冗談で言ったのに、結婚するにしても自分たちは籍を入れるだけだから、ですって。胸を張って言うことかしら？　自分たちはそれでいいかもしれないけれど、親や親戚はどう思うのかしらね」

返事をする代わりに夫は枕の上で頭の位置を少しずらした。

「あたしもあのふたり嫌いよ」

それで七種夫妻の会話はしばらく途絶えた。

やがて、窓側のベッドの軋《きし》む音がして、床に降り立つ足音が響いた。妻が壁側の夫のベッドの枕もとに立った。またあのことが蒸し返される、と夫は思った。

「ほんとうは子供のことが聞きたくて仕方がないのよ」妻が喋り出した。「言葉には出さなくても、聞きたがってるのは顔を見てればわかる、誰も彼もみんなおなじだから」

「そんなとこに立ってたら風邪《かぜ》をひく」と夫は声をかけた。「ベッドに入ったほうがいい」

「よっぽど、はっきり言ってやろうかと思うことがある」パジャマ姿の妻は続けた。「子供なんかできるわけがないじゃないの、欲しいも欲しくないも、ないんだから、うちの人とはもう大昔からそんなことはないんだからって」

「ベッドに入ったほうがいい」

二度目に勧められて妻は夫の言葉に従った。ただし夫の思惑とは違い、妻が上ってきたのは壁側のベッドのほうだった。

　妻は夫に背中をむけてベッドに横たわった。枕のちょうど拳銃の真上にあたる部分にこめかみを載せて。

　それを見届けたあとで、夫は妻のからだを背後から包みこみながら、一瞬、『冬』を連想させる香りの霧が枕もとに漂ったように思った。

「三十五になるまで結婚もできなかったくせに」と妻が独り言を呟いた。「あの女に夫婦の何がわかるのよ」

「この匂いだ」

「何？」

「香水」

「コロンでしょう？　香りがきつすぎる？」

「いや」

「コロンなのに何時間たっても消えない」と妻が言った。

「別に嫌がってるわけじゃないんだ」

「香りがきつくて自分でも嫌になるときがあるの。きょうみたいに少し酔ったときなんかには。でも、この香りを嗅ぐと冬を感じるから。あたしの冬の香りだから」

「どうして」

「ずっと昔、二十代の頃、冬になるといつもこのコロンをつけてたのよ、ちょうど今頃の季節。そのときの記憶のせいかしら、いまでも、この香りを嗅ぐと冬が来たんだなって思う」

「そうか」

「ねえ」妻が夫の手をつかんだ。「さっきのこと、気にしないでね」

「ああ」

「彼女が妙にわかったような顔をするから、思い出して腹が立っただけ。あんな女に夫婦のことがわかるはずないのよ」

それから妻は夫の手を放してベッドを降りると、窓側の自分のベッドに戻った。

七種夫妻はおのおののベッドの中で目を閉じて眠る準備に入った。

寝息をたてはじめたのは妻のほうが先だった。聞き慣れた妻の寝息を聞きながら、夫は枕の下の拳銃のことを思った。これで何かが変わるのなら、そのほうがいい。いまのこの状態がもう十年続くよりは、他人を殺すためでもあるいは自分じしんを殺すためでも、これを使って変わるほうがずっといい、と思った。何をどうあがいても行き詰まりの、こんな人生を長く続けるわけにはゆかない。

だが今夜はひとまず、拳銃を手に入れたことで彼は満足していた。一つの世界から別の世界への境界線を踏み越えた、そのことの意味はわかっているつもりだ、と心の中でもう何度目かに呟いてみた。いつか、そう遠くないいつか、必ずこの拳銃が役に立つ機会は訪れるだろう。

それが具体的にいつどんなふうに訪れるのか、想像をめぐらせはじめながら、彼は少しずつ、眠りの、深みに入っていった。

枕の下に拳銃を隠したまま眠るわけにはいかない。いますぐにでも起き上がって、どこか別の場所へ、と頭の隅でしきりにそう思いながらも、長年聞きなじんだ、規則正しい、妻の寝息に、誘いこまれるように瞼《まぶた》がしだいしだいに重くなってゆくのを、七種歩はどうしても堪えることができなかった。

言い残したこと

I

観音開きのぶあつい木の扉が内側へ開いて、うつむき加減の男が入って来る。

外は雪だ。

雪というよりもむしろ吹雪に近い降り方なので、男の身長の倍ほどもある大きな扉が内側へ開くと同時に、外の雪が男を追いかけるように、二階まで吹き抜けの天井の高い部屋の中へさっと舞い込む。

うつむき加減の男は黒っぽいコートに身をかため、やや明るめの色のマフラーの両端を背中のほうへ垂らす巻き方で首に巻いている。黒ぶちのメガネに、黒いソフト帽。ソフト帽はつばの左右が一見カウボーイハットを思わせるような感じで反り上がっている。そして男の両手、両脇には、抱えきれぬほどの箱、さまざまな模様の包装紙でくるまれリボンのかかったいくつもの箱。

それらの箱は女たちへのプレゼントだ。

その吹き抜けのだだっぴろい部屋は男にとっての夢のハレムであり、男の記憶の中に住む女たち、映画監督である男がかつて仕事であるいはプライベートで関係を持ったすべての女たちが仲良く同居している。もちろん現在の妻もふくめて。彼女たちは彼を理解し、尊敬し、深く愛している。吹雪の夜にも熱い風呂と温かい食事を用意して彼の帰りを待っていてくれる。

だがそれは『8½』という映画の中のエピソードで、クリスマスカードとして印刷されたモノクロのスチールのほうは、男のハレムへの帰宅の瞬間をとらえている。

観音開きのぶあつい木の扉が内側へ開き、そのあいだを抜けてうつむき加減の男が部屋の中へ足を踏み入れようとする瞬間。つばの反り返ったソフト帽、黒ぶちのメガネ、明るい色のマフラー、黒っぽいコート、そして両手両脇に抱えられるだけ抱えたプレゼントの箱、箱、箱。男の背後には降る雪が見える。雪というよりも吹雪といった様相なので、部屋の内側からの照明をうけて、まるで夜空に炸裂《さくれつ》した無数の花火のように見える。

そのモノクロ写真が表紙で、見開きの頁には決まり文句のクリスマスの挨拶が記されたカードは、昨年の十二月二十四日の朝、有坂弓子あてに届いた。

差出人は妹の弘美《ひろみ》だった。

「毎年そうなのよ。東京に行ってから一年もかかさず、クリスマスとあたしの誕生日には自分の趣味でカードを選んで送ってくる。プレゼントはなし。そういう子なの」

姉はそう言って、妹から届いたクリスマスカードを鏡台の脇の壁に白い頭の画鋲《がびょう》一つで留めた。それはいまだに、年が変わって二月になったいまもおなじ場所に留められている。

竹中昭彦《たけなかあきひこ》はその話を──「そういう子なの」という有坂弓子《ありさかゆみこ》の台詞《せりふ》のほうではなくて、去年のクリスマスカードがいまだに壁にピンナップしてあるという話を──助手席にすわっている高木《たかぎ》弘美との会話のきっかけにしようとさっきからタイミングを測っていた。べつに取り立てて話題にするほどのことではないけれど、車内に二人きりで互いに黙りこんだままドライブを続けるよりはましだろう。

ひょっとしたら、今年の秋に有坂弓子の三十六歳の誕生日がやって来て、妹からまた新たに届くカードと差し替えられるまで、ずっとあのクリスマスカードは壁に飾られたままなのかもしれない。毎年、九月の終わりと十二月のクリスマスイブに二度取り替えがあるだけで、一年中、常に鏡台の脇の壁には妹から送られたカードがピンで留めてある、そういう習慣なのかもしれない。

なにしろまだ一緒に暮らしはじめて四カ月にもならないのだし、有坂弓子の長年の習慣については自分よりも身内の妹のほうがよほど詳しいに違いない。

「そうなの、姉は毎年あたしの送るカードを楽しみにしてるんです。お返しは何もなし、子供たちへのお年玉だけ。そういう人なの」

と助手席で笑って答えてくれるかもしれない。

そういえば一緒に暮らすようになる前、去年の夏から秋にかけて何度か有坂弓子の部屋を訪れたとき、訪れるたびに、いまとおなじように鏡台の横の壁に飾られた一枚の写真を目にとめたのではなかっただろうか。確か大人の背丈よりも高い大きな雪だるまの隣で若い女性が雪かきをしている写真で、それは実はある古いアメリカ映画のスチールだと説明を聞かされたような覚えもある。

映画のタイトルも雪かきをしている女優の名前も記憶にないけれど、それもきっと一昨年のクリスマスに妹が送ったカードに違いないし、いま、これから本人に訊《たず》ねてみればわかるだろう。その話題をきっかけにして、少しは長く会話を続けられるかもしれない。

行く手の信号が赤に変わるのを見届けて竹中昭彦はブレーキを踏み、横断歩道のすぐ手前で車を静止させた。

外は雪だ。

雪といっても細かい糸屑《いとくず》のようなものがときおりフロントガラスの前を横切る程度。ダッシュボードのデジタル時計は一時十三分を示していた。有坂弓子の実家を出発したのが一時少し前だったから二十分もたっていない。残りの行程はまだ一時間半近くある。

「映画はよく見るんですか」と竹中昭彦は訊ねてみた。

いまのいままで打ち解けない沈黙が続いたあとでの、唐突な訊ね方ではあったけれど、ちょうど助手席側の窓から道路際の電柱にくくりつけられた映画の看板を眺めていたところだったので、質問されたほうはそれほど驚きもしなかった。

「ううん、ぜんぜん」と高木弘美は答えた。「結婚する前にはたまに映画館にいくこともあったけれど」

「レンタルビデオは?」

「それも最近ではぜんぜん」

最近という言葉がどれくらいまでの時期をさすのかわかりにくかったが、ここ数年という意味に取って竹中昭彦は会話を続けることにした。もしここ数カ月という意味であれば、そのあいだに彼女の身の上に起こった出来事が出来事なので、映画の話どころではなくなってしまう。

「フェリーニの映画はリバイバルで?」と竹中昭彦は車を走らせながら訊《き》いた。「それともレンタルビデオ?」

「フェリーニの映画?」と高木弘美が聞き返した。

「きみが姉さんに送ったクリスマスカードのスチール、去年の」

「ああ……」高木弘美が助手席で身じろぎしてシートベルトのたるみを直した。「あのカードの写真はマルチェロ・マストロヤンニだったでしょ？」

「うん」

「マルチェロ・マストロヤンニの映画は『ひまわり』しか見たことがないわ。ねえ、少し前が見づらくない？　ワイパーを動かしたほうが」

「そうだね」

「帰りのバスは走ってくれるかしら」

「だいじょうぶ、積もるほどの雪じゃない」

「あれはね」高木弘美が話を戻した。「あのカードは銀座に出たときに画廊で見つけたの。まとめて買ったうちの一枚を、たまたま姉に送っただけ」

「そう」

と気のない相槌《あいづち》を打ちながら、竹中昭彦は思った。このぶんでは、一昨年のカードに使われていた映画のタイトルも女優の名前も訊いてみるだけ無駄かもしれない。

「何か変？」とすぐに高木弘美が言った。「あたしがあのカードを画廊で買ったというのは変？」

「いや。どうして？」

「そんな目つきをしたから、いま」

竹中昭彦はちらりと助手席を振り返った。横顔を見られているのを承知のうえで、高木弘美はじっと前方を見据えたまま表情を変えなかった。

「僕がどんな目つきをした？」

「変な人ね」まともに質問には答えずに高木弘美は言った。「姉から聞いてた通り。二人きりで、いきなり何の話をするかと思えばフェリーニの映画だなんて」

「彼女は僕のことを何だって？」

「だから聞いてた通りなのよ」また答にならない答え方をして、高木弘美は短い吐息とともに独り言をつぶやいた。「フェリーニの映画？」

「彼女は僕が映画の話をしすぎるって言ったのかい」

「そうね」彼女は答えた。「人の見てない映画をよく見てるって」

降る雪がやや勢いを増した。だが昼間から積もるほどの雪ではない。地上に落ちるそばから解けて、路面を黒く濡《ぬ》らすだけだ。

ダッシュボードのデジタル時計は一時二十五分に変わったばかり。むこうに着くまでまだ一時間以上かかる。なんだか、やっかいなドライブになりそうだな、と思いつつ竹中昭彦はアクセルペダルを強めに踏んで行く手を急いだ。

2

去年の秋口、有坂姉妹の母親が風呂掃除の最中に滑って膝小僧を強打した。皿の骨が砕けるほどの大怪我《おおけが》ではなかったけれど、それでもひびが入った部分の治療のために三週間の入院が必要だった。

その三週間のうち十日ほどは、実家に独り残された父親の世話を姉の弓子が仕事を犠牲にして見ることになった。

それから一週間は妹の弘美が東京から子供連れで帰省して世話を焼いた。

十日と一週間を差し引いた残りの数日間については、竹中昭彦には詳しい情報が伝わらなかったので想像するのみだが、たぶん有坂姉妹の父親は自分で米を研いだり野菜を炒《いた》めたりして、独りぼっちの侘《わび》しさを耐え忍んだのだと思う。

高木弘美の子供は二人いて、上の男の子が小学三年生、下の女の子は幼稚園に通っている。母親の帰省につき合わされたおかげで、当然二人とも一週間の欠席を余儀なくされたわけだが、小学校側も幼稚園側もともにその欠席を忌引として処理した。彼らにとっての祖母が風呂場で膝小僧を打ったという長距離電話での報告が入った翌週、正確に言うとちょうど六日後に、彼らの父親は高速道路での玉突き事故に巻き込まれて死亡したからである。

つまり昨年の秋、有坂家には母親の不注意からの怪我という小さな不幸と、娘の夫の不運な死亡事故という大きな不幸とが重なって起こったことになる。

その二つの不幸については当時、有坂弓子からいろいろと話を聞かされただけで、竹中昭彦は結局彼女の母親を見舞うこともしなかったし、子供連れで帰省していた妹に会う機会も持たなかった。

彼を将来の夫として、家族に紹介するには時期が早すぎる（もしくは時期が悪すぎる）と有坂弓子が判断したからで、もちろん竹中昭彦にもその判断に異をとなえる理由はなかった。それらは有坂家に起こった不幸なのだ。他人の自分がしゃしゃりでる事柄ではない。

十月もなかばを過ぎて、有坂弓子の母親が無事に退院し妹の弘美が東京へ戻ったあとで、彼らはかねてからの計画通り市内に２ＤＫのこぢんまりしたマンションを見つけて同棲をはじめた。市内というのは有坂弓子の実家から車で二時間弱の距離にある街のことだ。マンションは有坂弓子の勤める美容室へは歩いても通えるほど近く、そのぶん竹中昭彦の勤め先へは遠い場所にあったが、彼の場合は会社の営業用の車を自由に（ほとんど私生活にまで）使える裁量を与えられていたのでその点で問題はなかった。

年が改まり二月になった。昨年の怪我のときに膝に埋め込まれていた補強の針金を除去するための手術で、有坂弓子の母親は再び数日間の入院を要した。

今回はすでに同棲してそろそろ籍だけでも入れようかという相手の家族のことなので、知らないふりもできない。しかも正月にはほんの半日の訪問ではあったけれど、有坂弓子の実家に招かれてお節を御馳走《ごちそう》になり、「よろしくお願いします」と曖昧な決まり文句ではあるにしても、ともかく正式に両親に挨拶もしている。

美容室の定休日と合わせて二日休みを取り、実家に帰るから車で送りがてら母親の見舞いに顔を出してくれ、と頼まれれば断るわけにもいかないのだし、当日は彼も勤めを休むことにして早朝から車を走らせ、午前中に母親の好物のイチゴを買って病院へ出向き、その足で実家に寄って年金暮らしの父親が出前を取ってくれた釜飯を食べ、ビールを一杯だけ注《つ》いでもらい、そんなことを言うつもりなどなかったのにまたしても、「よろしくお願いします」と別れ際に頭を下げることになった。

そのとき玄関先で頭を下げる彼のそばには、やはり母親の再入院に合わせて帰省した高木弘美が外出の身支度をして立っていた。竹中昭彦が父親と向かいあって挨拶をかわしている最中に、姉妹のあいだにも短いやりとりがあった。

「帰りは何時頃になるの」

「わからないけど夜には帰るわよ」

「はっきりしてくれないと晩御飯の支度があるのよ」

「晩御飯はむこうですませるって言ってるでしょ」

そんなやりとりだった。

久しぶりに娘ふたりが家に戻っているせいか父親の機嫌は良かった。有坂弓子の表情はそれとは逆にさえなかった。

わざわざ有休を取ってまで来ているのだから、今日一日ゆっくりできるはずのところを、「短大時代の友人に会いに行く」という妹の我儘《わがまま》のために、竹中昭彦が市内までの運転手役をつとめることになった。それがさえない表情の主な原因で、しかもその運転手役を彼が進んで買って出たという点が有坂弓子の不機嫌をつのらせていた。

竹中昭彦はむろんそのことを承知していた。承知はしていたけれど、実のところ、同棲している相手の父親と（それも娘が同棲している事実をまだ知らされていない父親と）一緒に過ごす時間はできるだけ短く切りあげたいというのが彼の本音だった。

そういうわけで、小雪の舞うなか、竹中昭彦は婚約者の妹を助手席に乗せて、勤め先の営業用の車で二時間弱のドライブをすることになった。

いままで有坂弓子からある程度の、というよりも身内なりの細かい情報を聞かされてはいたにしても、その日が高木弘美との初対面だという事実は動かなかった。姉妹の実家を出発したのが一時少し前。それから二十分近く、二人きりの車内で打ち解けない沈黙が続いたのも無理はない。

3

路上に落ちるそばから解けてしまう、車の走行にとっては結果的に雨と等しい雪はなおも止《や》む気配をみせない。特別に降雪時用のライトをつける必要はないけれど、ワイパーは作動させておいたほうが無難という程度の降り方で。

竹中昭彦はさきほど高木弘美が口にした「人の見てない映画をよく見てる」という言葉にこだわって映画の話をしばらく続けるべきなのか、それともそのまま一足飛びに、去年のクリスマス以来部屋の壁に飾られたままのカードの話に移るべきか迷っていた。

「もう少しゆっくり走ったほうがよくない？」

助手席から、高木弘美がスピードメーターを気にする素振りを見せた。

「そんなに急ぐこともないんだし、スリップでもしたら大変よ」

「だいじょうぶ」とだけ竹中昭彦は答えた。

「竹中さんの運転はだいじょうぶでもね、たとえば前の車が」

と高木弘美は言葉を濁したけれど、竹中昭彦はその先を聞き返したりはしなかった。

彼は思った。ここはそれほど交通量の多くない一本道の県道だし、たとえば前を走る車といってもずっと前方にたった二台しか見えない。万が一、いまここでスピードを出し過ぎて前の車かこの車がスリップしたとしても、県道とガードレールを隔ててほんの一メートルしか段差のないブロッコリの畑に突っ込むくらいが関の山だろう。

「去年のクリスマスカードのことだけど」

と竹中昭彦が言いかけるのとほとんど同時に、高木弘美が訊ねた。

「あたしのことも姉から聞いてるんでしょう?」

「多少はね」と彼は答えた。

「去年のクリスマスカードがどうしたの? あたしが画廊をのぞいたりするのはやっぱり変?」

「そんなことはない」

「だったらどうして。ねえ、竹中さんから見てあたしはどんなふうに見える?」

「どんなふうに見えると言われても」彼は相手の言葉を繰り返して時間を稼いだ。

「それはどういう意味の質問なのかな」

「姉から聞いてたあたしと、きょう実際に会ったあたしと、印象が違う?」

もちろん食い違うところはあった。

まず、思っていたよりも姉妹の顔はよく似ていた。二つ年上の姉のほうが背が低く、やや丸顔だという点をのぞけば、誰がどう見ても姉妹だとわかるくらいにそっくりだった。

　彼は最初に有坂弓子から東京に嫁いでいる妹の話を聞いたとき、三十なかばの（実際には今年の誕生日が来て三十四歳なのだが）もっと所帯じみた平凡な主婦を想像していた。秋に夫の交通事故死を伝え聞いたときには、その平凡な主婦が人目もかまわず泣き崩れ、嘆き悲しむあまりひどくやつれてしまった姿を思い描いた。

　だがそのイメージは去年、有坂弓子に送られてきたクリスマスカードのせいで若干、修正されることになった。彼の思い描く平凡な主婦というものは銀座の画廊でフェリーニの映画のカードを買い求めたりはしない。そして夫に死なれた妻というものは、たとえその種のカードを毎年、姉の誕生日とクリスマスに送るのが習慣だったとしても、そんな習慣を律儀に思い出せるほど普通の精神状態は保てない。

　もっとも、平凡な主婦という言葉から竹中昭彦が連想するのは彼自身の遠い昔に亡くなった母親の記憶にすぎなかったし、また「夫に死なれた妻」から連想するのは、やはり身内だった女、二年前に事故死した自分の弟の、妻だった女のことと決まっていた。

　婚約者の実家で初めて高木弘美に会ったとき――それはつい何時間か前の話なのだが――セーターにジーンズという軽装の彼女はまるで試験休みに帰省中の学生のよう

に屈託がなく若やいで見えた。いま彼女は襟の片側にイヤリングとおなじ金色のブローチをあしらった黒のスーツに着替えて車の助手席に腰かけ、襟もとからスーツの黒よりももっと濃い黒のタートルネックのセーターを覗《のぞ》かせてこちらを振り返り、自分がどんなふうに見えるかという質問への彼の返事を待っている。

確かに弟の妻だった女は弟が死んだときひどく取り乱したけれど、と竹中昭彦は思った。それはあの事故からまもない時期に彼女と会って話したからだ。だからあんな事も起こったわけだが、高木弘美の場合は夫の死からすでに数カ月がたっている。

あのときと今を、あの女とこの女を「夫に死なれた妻」という立場で一つにくくるわけにはゆかない。それにもう一つ、自分が頭に思い描く平凡な妻とはそもそもどんな女たちのことなのか。いったい自分は母親の記憶以外に、実際にこの目で平凡な妻と呼ぶべき女をどこかで見たことがあるのか？

「わかるわ」返事を待ちきれずに高木弘美が言った。「たぶんもっと、控え目な女を想像してたんでしょう？」

「いや」と否定して、竹中昭彦は首をかしげた。

「どうなの」高木弘美が言った。「あのお姉ちゃんの妹だから、もっと地味でおとなしいと思った？」

「実を言えば、もっと映画を見てる女性かと思ってた、人の見てない映画をね。去年のクリスマスカードが印象に残ってたから」

　気のきいた冗談のつもりであえて言ってみたのだが、相手に通じた様子はなかった。竹中昭彦はふたたび会話を噛《か》み合わせるために訊ねた。

「彼女は地味だと思う？」

「あたしに言わせればね、男の人にはどう見えるのか知らないけれど、引っ込み思案で、意地っ張りで、昔から、姉にはどんなに歯痒《はがゆ》い思いをさせられたか誰かに聞いてもらいたいくらい。だいたい、あたしたちは二人姉妹でもそりが合わない姉妹なの、血液型だってあたしはＢ型で、姉は相性が最悪のＡＢ型だし」

「あのクリスマスカードのことだけどね」

「あたしが短大を卒業しておまけに東京に出ちゃったことで、姉は自分だけ貧乏くじを引いたみたいなこと言ってるけどそうじゃないの。なにもあたしだけ両親に優遇されたわけじゃないし、両親の面倒を姉に押し付けたつもりもない。姉はね、自分でこっちに残ることを選んだのよ、実家に近い街で美容師になる道を自分で選んだんだから、親の面倒までくっついてくるのは当然よ、それはあたしのせいでも誰のせいでもないでしょう？」

　それから高木弘美は後ろの座席へ身をよじって片手を伸ばすと、

「またカードの話？」

とため息まじりに呟《つぶや》き、そこにコートと一緒に置いてあったバッグの口を開いた。一瞬、竹中昭彦は二年前の記憶をよみがえらせ、彼女もまた弟の妻だった女とおなじように夕バコに頼るのだと思った。夫に死なれた女は人前で気を落ちつけるために必ず夕バコの力を借りる。

だが高木弘美がバッグの中からつかみ出したのは夕バコの箱ではなかった。竹中昭彦は目の前に差し出されたものを首を振って断った。彼の断ったチューインガムを高木弘美は口のなかにほうり込んで話を続けた。

「いいわ、こういうことね」と彼女は言った。「夫の不幸な死に目にあってクリスマスどころじゃないはずなのに、いそいそと銀座に出かけて画廊でカードを見立てたりするのは不自然だ、姉はそう言ってるわけね」

「そうじゃない」

「じゃあ何。子供をむこうの義母に預けっぱなしで実家に戻ってること？　実家に戻ったはいいけど実の母親の見舞いよりも昔の友達と会うほうを優先してるってこと？　姉は何が不満なのかしら」

「彼女とそんな話をしたおぼえはないよ」

「未亡人って、いったいいつまで悲しい目をして暮らさなきゃならないのか、いちど姉に訊いてみなくちゃ」

「そんな話をしてるんじゃないんだ」と竹中昭彦は言った。

「ちゃんと前を見て運転して」と高木弘美が言った。「こんな田舎道で死にたくなんかないんだから」

竹中昭彦は前を見てハンドルを握り直し、フロントガラス越しに降る雪と向かい合った。雪の勢いは弱まっていないが、空はやや明るさを増し日差しが洩《も》れかけているのがわかる。もういちどだけ、彼女のほうからチューインガムを差し出してくれないだろうか、と彼は思った。いま勧められれば断ったりはしないのだが。

「高円寺のマンションの話は聞いてるでしょう」と高木弘美が言った。「三十五年かけて支払い終える予定でいたマンションが、夫が死んだおかげでローンがチャラになってあたしの名義になったの、そういう保険の契約があったから。それと夫のほうの義理で加入してた生命保険が七〇〇〇万、『お子様二人ならこの程度の金額は』って親切に勧められてね。おまけに勤務時間中の事故だったから労災までおりて、いまのあたしは億万長者なのよ。いまこんなとこで死んじゃっちゃ元も子もないわけ」

「その話も聞いてない」と竹中昭彦は言った。

「そのうち嫌でも聞かされるわよ」

そう言ったあとで高木弘美は笑い声になった。

「それとも、結婚後に自分が受取人の生命保険に入ってもらうつもりで、わざと黙ってるのかもね。ねえ、これは会社の車でしょう？　どうせ事故で死ぬなら仕事中のほうが姉のためになるわよ、労災がおりるから」

「うちはただのカメラ屋だよ」とだけ答えて竹中昭彦は黙り、きみの旦那さんが勤めてた大手の企業とは違う、と心の中で一言付け加えた。

　高木弘美が同時に黙りこんだのは、嚙んでいたガムを銀紙にくるむ作業に少し手間取ったせいだった。彼女はそれをダッシュボードの灰皿に押し込んでから言った。

「気を悪くした？」

「いいや」

「言ったでしょ、姉とあたしは血液型から何からまったく違うのよ」

「そのようだね」

　とうなずいて見せながら、竹中昭彦はぼんやり別のことを考えていた。

　二年前に最後に会ったきりの、弟の妻だった女のことだ。そのとき彼女はいまの高木弘美と同様に黒一色のスーツに身をつつんでいたのだが、それは弟が事故死してからまもない日の午後のことで（遺体の解剖のためと友引のために二日も遅れた葬儀の翌日の午後のことで）、当然、黒いスーツには喪服の意味がこめられていたのだろう。

　彼女はひっきりなしにバッグの中からタバコを取り出しては吸い、喋《しゃべ》りたいことをすっかり喋って、そして立ち去った。そんな印象だった。

しかしそのとき彼女の口からは、夫の加入していた生命保険の金額といった話題は聞かされなかった。彼女はそんな話のために来たのではない。夫が残してくれた金の話や、身内への不満を聞いてもらうためにマンションを訪れたのではない。

そう、あの日の午後、彼女は俺のマンションを訪れた、と竹中昭彦は記憶をよみがえらせた。二年前まで住んでいた街の、あの川のそばに建てられたマンションを。だが俺は彼女を部屋にはあげなかった。前夜、葬儀のあとで遅くまで酒を飲んでいたのと、それまで自分で気づかないうちにたまっていた疲労のせいで目覚めたのは彼女が呼び鈴を鳴らすつい何分か前のことだったし、それに俺はひとりで目覚めたわけでもなかった。

玄関の上がり口に立てば奥の奥まで見通せるワンルーム・マンションの、ドアを細目に開けてやると黒ずくめの彼女がこちらを見つめて、すこし話したいと言った。耳たぶを飾る真珠のピアスはドアの陰に隠れて片方しか見えなかった。外でいいか、と訊ねると、すぐに彼女は事情を見透かしたような顔つきになって、二度、うなずいて。

4

彼女は二度、うなずいて、待ってくれた。

竹中昭彦が着替えて出てくると、

「どんな気分？」

いきなりそんな質問をした。

「三十五にもなって、あんな暮らしをしているのはどんな気分？」

それからタバコとライターを一つかみに取り出して、火をつけるためにバッグを小脇にはさんだ。それがすでに三本めだった。踏み付けられた平たい吸殻が足もとに二つ落ちていたので三本めだとわかった。

彼らはマンションのすぐ前を流れる小さな川のほとりに立って話をした。

五月晴れという言葉がぴったりの日差しの明るい午後で、黙っているとまるで光をおびた硝子玉がコロコロ転がり続けるように川音がイメージされて耳に心地よかった。二人からほんの数メートルの位置に、彼女の乗ってきた車が停《と》めてあった。彼女じしんの車は、夫の事故で使いものにならなくなったはずだし、確かめるまでもなくその大型の国産車は彼女の実家の父親のものに違いなかった。

「結婚するつもりなんだ」と竹中昭彦は部屋に残してきた女のことを彼女に説明した。

彼女が「あんな暮らし」と非難めいた言い方をしたのは、つまり三十五にもなった男が一部屋しかないマンションを借りて住み、そこへ一夜かぎりの女を連れ込むようなまねをしている、そういう意味でのことだろうと思ったのだ。ひょっとしたら、それも弟の葬儀の晩に、という意味まで含まれていたのかもしれない。

彼女は狭い家とか賃貸のマンションとかにまったく縁のない人間だった。もっと言えば生まれてからただの一度も金に不自由した経験のない人間だった。彼女の父親は市内の一等地に「植物園」と表現したほうがはやいくらいの広い庭園のある屋敷を構えていて、彼女はそこで一人娘として育てられた。

女子大を卒業してまもなく、彼女は無名の写真家と知り合って恋に落ちた。当時彼女の所属していた生け花グループの発表会の場で、アルバイトでカメラマンに雇われていた竹中昭彦の弟、和彦と初めて出会い、三カ月後には両親の了解を得て、半年後には盛大な式を挙げ、その十カ月後には最初の子供を産んだ。

父親は一人娘の結婚に反対するよりもむしろ、夫になるべき男のスポンサー役をつとめることのほうを積極的に選んだ。事実、女婿《むすめむこ》の二度にわたる中国旅行やその後の写真展の費用も持ったし、写真集の出版にも援助を惜しまなかった。そのうえ、初孫が誕生する前に、屋敷から歩いて二十分もかからない土地に、娘夫婦のために二階建ての広い庭つきの家を建てさせた。

彼女にとってはそこまでがごく当たり前のなりゆきだった。彼女にとっての結婚とはそういうものだった。

だからその日、五月晴れの午後に川のほとりで喪服姿の女と向かい合ったとき、彼女からいきなり妙な質問を受けても竹中昭彦はほとんど動じなかった。彼女のような人間の目に、自分の暮らし方がどう映っているかは先刻承知しているつもりだった。

「結婚するつもりなんだ」

と口にした瞬間、彼女が蔑むような目つきで反応したことにも竹中昭彦は気づいていた。

「結婚？」彼女はそう聞き返してマンションの建物のほうへ顎をしゃくった。「こんな時間までベッドで寝てるような女と？」

それからバッグの中を探って四本めのタバコに火をつけた。

「おめでたい人ね」

「話があるなら早くしてくれないか」

「あたしの言いたいことはわかるでしょう？」

「わからない」

「あのひとは何を喋ったの？　自殺する前にあなたにどんなことを喋ったの？」

「あれは事故だ」

「何が悲しくて、いったいどんな理由で三十五の男が死んでみせなきゃならないの、あのひとの話を聞いたんでしょう？　あなただけには打ち明けたんでしょう？」

「あれは自殺じゃなくて事故だ」と竹中昭彦は言った。「死ぬなんて話はいっさいしていない」

「じゃあどんな話をしたの、あのひとが死ぬ間際に、車の中でふたりきりで何を話したというの」

竹中昭彦は口ごもった。

弟が死ぬ直前に、弟の運転する車の助手席で聞かされたのは一言でいえば寝た女の自慢話だった。前の晩とその前の晩に寝た女の話を事細かく弟はした。どちらも人妻で、どちらの夫とも弟は顔なじみだった。どんなに簡単に彼女たちが誘いに乗ってくるかという点を弟は強調した。たったいまも、別の女と寝てきたところだ、このぶんでは町じゅうの女と寝てしまうことになる、と、にこりともせずに弟は言った。

だがそんな話よりも竹中昭彦は弟がかなり酔っていることのほうが気がかりだった。最初から最後まで――仕事先にいきなり酔った弟が車を運転して現れてから、このままどこかへ飲みにゆこうというのを説き伏せて川のほとりのマンションへ向かわせ車を停めさせるまで――彼は助手席からとにかく「運転を代わろう」と言い続けた。

停車した車の中で川音を聞きながら、弟は、妻とのセックスが二人目の子供が生まれて以来すっかり間遠になったという話をした。もともと妻はそう熱心なほうではなかったし、なにしろお嬢さん育ちだから、そういう面で男を満足させられる女じゃない、と弟は言った。いくら顔がきれいで、高い服を着てても駄目なものは駄目だ。ほら、料理の下手な女はあっちのほうもって、よくいうだろ？

竹中昭彦が相手にならずにいると、弟はすっかりしらけた口調で、もう帰るよ、と言った。酔いも醒《さ》めたみたいだし。それから、部屋に上がっていけという彼の誘いを断り、川沿いの暗い道を走り去った。三十分ほど河口へ向かって走り、走り続けた末に、夜の海へと車ごとジャンプするために。

「あれは事故だよ」と彼は繰り返した。「弟は酔ってたんだ」

「だったらなぜ止めなかったの、酔ったあのひとになぜ運転させたの」彼女は四本めの夕バコを足もとに放った。「あのひとが死にたがってるとわかってたのね、わかってて死なせてあげたわけね」

「ばかばかしい」と竹中昭彦は吐き捨てた。

「あなたがた兄弟は特別だものね、双子だから、あのひとの胸のうちは手に取るようにあなたにはわかる、妻のあたしなんかよりもよっぽど理解してやれる。言ってよ、あのひとが死にたがってるとわかったから、黙って死なせてあげたのね？」

「そんな話で来たのならもう帰ってくれ」

「待ちなさい」マンションの入口へ向かいかけた彼の腕を彼女がつかんだ。「まだ話は終わってないわ」

「弟に自殺するどんな理由がある？」腕をつかまれたまま彼は相手を見つめた。

「それを訊きたいのはあたしのほうよ」

「だいいち、新しい写真集の出版が決まったばかりじゃなかったのか？」

「写真集？」さきほど『結婚』という言葉に反応したときと同様に、彼女は蔑むような目つきをして彼の腕を放した。そして五本めのタバコをまた窮屈な前かがみの姿勢になってつけた。「あんなもの、父に義理のある誰かが買ってくれるだけよ。地元の新聞だってもう取り上げてもくれない」

「弟はそんなふうには言ってなかった。楽しみにしてたと思う」

「嘘《うそ》よ。本人がどんなふうに言おうと言うまいと、あのひとが自分の才能をどう見ていたかあなたにはわかってるはずよ」

「子供は」と彼は言ってみた。「二人の子供と妻を残して死んでしまうほど、弟はそれほど無責任な」

「やめて」と彼女がさえぎった。「心にもないことを言わないで。あたしを馬鹿にするつもり？」

「頼むから、取り乱さないでくれ」

「最低よ、あんたたち兄弟は」

彼女は踵《きびす》を返して停車中の車に歩み寄った。運転席側のドアを開けてバッグを中に放ると、代わりに一冊の本を手に再び早足で戻って来た。

「いいこと教えてあげる」

と彼女は笑顔で言った。それが無理に作った笑顔だとわかっているだけに竹中昭彦は嫌な予感をおぼえた。

「結婚するつもりだとさっき言ったわね。そういうおめでたい台詞はこれを読んでから言ったほうがいいわ」

一冊の本に見えたのは実際には本ではなかった。彼は手渡されたものを両手で持って表紙に印刷されたアルファベットのDで始まる文字を読んだ。

「あのひとの机の引き出しに入ってたの」

「日記？」と竹中昭彦は訊ねた。「弟が書いた日記なのか？」

「あのひとの遺書よ」と彼女は答えた。「それが、二人の子供と妻のために書き残したあのひとの遺書よ。身の毛がよだつわ。いったい何が書いてあるか、想像できる？」

彼はとっさに思い出していた。弟が死んだ夜、弟の口から聞かされた自慢話。前の晩とその前の晩に寝た女の名前。

「それを読むとわかるわ、あのひとがどんなに無責任で、投げやりな人生を送っていたか、誰にだってわかるわ」

「たとえこの日記に何が書いてあろうと、あの事故が自殺だったという証明には」

「まだわからないの？」

と彼女は言い、勝ち誇った顔で先を続けた。

「あの女もそうなのよ。あなたがいま呑気《のんき》に結婚を考えてるあの女も、あのひとと出来てたのよ。何もかもそこに書いてある。あの女がベッドの上でどんなことをしてほしがったか、自分で読んでみるといい」

彼は思わずマンションの建物を振り返った。

「あのひとはね、もう崖っぷちまで来てたのよ。町じゅうの女を漁《あさ》りつくして、にっちもさっちもゆかない状態だったのよ」

彼は思わずマンションの建物を振り返って、自分の部屋のある階へ視線を投げた。そのときベランダに向いた窓の内側でカーテンが揺れて、女の影が動いたような気がしたのだが、それは気の迷い、というよりも、そもそも。

5

「未亡人にしては喋りすぎかしら」と高木弘美が言った。「きっとそう思ってるんでしょう？」

それは気の迷い、というよりも、そもそも、当時住んでいたワンルーム・マンションのベランダと窓は川に面した表通りではなく裏の駐車場のほうを向いていたのだから起こり得ないことなのだ。と、竹中昭彦は記憶を訂正してから聞き返した。

「何？」

「そう思ってるって目が言ってるわ」

「そんなことはない」と彼はあてずっぽうで答えた。

「こんな話をしてるってことは姉には内緒よ、わかってるでしょうけど」

「ああ」

「本当にわかってるの？　姉はあれでひどい焼きもちやきなのよ」

「そう思う？」

「出がけにそうとう機嫌が悪かったでしょう？　あんたたち、二人で変なまねをしたらただじゃおかないわよって、そういう目で睨《にら》んでたでしょう？」

「帰るついでがあるから送ってやると言っただけだよ、別に焼きもちをやかれるようなことじゃない、きみは彼女の妹なんだし」

「妹でも何でもね。そういう言い方は姉にはしないほうがいいわよ。あとどのくらい？」

「三十分もすれば市内に入る」

「この雪じゃやっぱり積もりそうもないわ」

「そう言っただろ」

「姉はね、きっとこう思ってるのよ、妹の亡くなった旦那より竹中さんのほうがずっといい男だし、もし妹がその気になっちゃったらどうしよう、竹中さんは未亡人の誘惑に負けちゃうんじゃないかしら、むこうは二人の子持ちだけど、銀行預金の桁が違うぶんだけあたしが絶対不利だわって」

「ばかばかしい」

「いちど姉と一緒に北陸を旅行したことがあったのよ、大昔の話だけど」

「大昔って？」

「あたしが短大生のころ。旅先でね、地元の大学生と知り合って仲良くなったの、姉はその大学生のことをとっても気に入ったみたいなのね、ああいう人だから自分からは何も言えないんだけど、あたしにはよくわかる。ところがこっちに戻ってから、しばらくしてあたしがその、姉の気に入ってた人と連絡を取り合ってることを知って、嫉妬の炎がめらめらと燃えあがったわけ、自分じゃ何も言えなかったくせに。信じられる？　嘘でも大げさでもなくて、それ以来、姉は何年も口をきいてくれなかったの」

「何年も」

「そう、あたしが結婚するまで。だから竹中さん、今日のこのドライブのことだって、あとで姉からいろいろ詮索されるわよ、もし下手な答え方をしたら、当分のあいだ口をきいてくれないかもよ」

高木弘美は途中から笑い声になった。

竹中昭彦はつられて苦笑いを浮かべながら、また別のことを考えていた。弟の事故死については、いつかは、有坂弓子に打ち明けなければならない。だがその際にはやはり、省くべき点は省いて話してやるべきだろう。たとえばあの川のほとりのマンションにときおり通ってきていた女のことも。

結局、あの日を境にして結婚の話はうやむやになった。彼は弟の残した日記を詳しく読み通すこともしなかったし、その件で女を問いただすようなまねもしなかった。にもかかわらず、二人の仲はあの日から少しずつ冷めていった。別れが決定的になったとき、彼はこう思った、もともとこの女とは本気で結婚するつもりなどなかったのだ。そしていまもそう思っている。あの日、弟の妻だった女にいきなり、ワンルーム・マンションに女を連れ込むような生活はどんな気分だと非難めいた質問をされて、とっさに、自分は『結婚』という言葉を言い訳に使っただけなのだと。

「駅の手前で降ろしてね」と高木弘美が言った。「アーケード街のあたりで」

「ああ」

「だいじょうぶよ、心配しなくても、あたしは姉を刺激するようなことは何も言わないから。たとえいまここで車を停めてレイプされたとしても、あたしは一生口をつぐむわよ」

居心地の悪くなる冗談だ、と思いながら竹中昭彦はワイパーのスイッチを切った。雪はほとんど止みかけている。それから、ただ居心地の悪い沈黙を長びかせないためだけに、その北陸旅行で出会った大学生がきみの結婚相手だったのかという質問をした。

「ううん」高木弘美はあっさり否定してみせた。「彼はネクタイをしめて働くよりも絵かきになりたいという人だったの。でも売れる絵なんかぜんぜんかけなくて、東京で、私立高校の美術教師をいまでもやってると思う」

「そう」と竹中昭彦は相槌を打った。

「そう、それでいまでもときどき画廊を覗いたりするわけか、というのはまったく見当はずれよ。そう、それでもっと経済的に余裕のある男に乗り換えて、さっさと結婚しちゃったわけか、というのも違う。どっちか思ったでしょ？　いま」

「あとのほうは思わない」

「前のもあとのも違う」と言って高木弘美はもう一枚ガムを取り出し、窓のほうへ顔をむけてそれを嚙み始めた。「ときどき画廊を覗くのは昔の彼の思い出にひたってるんじゃなくて、あたしはもともと洒落《しゃれ》たカードを貰《もら》ったり贈ったりするのが好きなの、それだけ。売れない絵かきから一部上場企業のサラリーマンに乗り換えたのは、そっちはただの偶然、赤ワインのせい」

「赤ワイン？」

「そう、きれいな赤い色のワイン。あたしは別に売れない絵かきの奥さんだってちっともかまわなかったの。そういうつもりで彼とはつきあってたの。ところがそこへあの人が、亡くなった夫が割りこんで来て、あたしの勤め先の女子社員と夫の会社の男子社員とのコンパで出会ったんだけど、最初から、あたしにはきちんとおつきあいしてる彼がいますと釘《くぎ》をさしてるのに、聞いてるのか聞いてないのか、きまじめな顔してね、有坂さんとはぜひ結婚を前提に交際させてくださいなんて、とんちんかんなことを言ってたわけ。それから電話で誘われるようになって、お鮨《すし》かなんか御馳走になって、まあ、行くとこまで行かなきゃそれくらいいいかって思ってた、お鮨くらいなら。

　行くとこまでは行かない自信があったの、だいいちあの人はあたしの趣味じゃなかったし、あの人だって、それはあわよくばとは思ってたかもしれないけど、強引に押して押しまくるタイプでもなかったしね。

　ある日、三回目か四回目くらいにデートしたとき、フランス料理のお店に連れてゆかれて、そこは別にあの人の顔のきく場所でも何でもないのよ、テーブルにつくなりお店の人がやってきてワインを一本サービスしてくれた、よくわからないけど、その店の開店記念日か何かだったのかもしれない、今日お見えになったあなたがたは運がいいですね、よろしかったらお二人で召し上がってください、そんな感じだった。絵かきの彼と一緒のとき以外は、そんなものは飲まないようにしてたんだけど、なぜって、もともとお酒が好きなほうじゃなかったし、飲むと酔うよりさきに眠くなっちゃうたちだったから、でもグラスに注がれたそのワインが、なんだか今までに見たこともないような美しい赤い色をしていて、向かいの席であの人も、うん、これはすごく美味《うま》い、なんて驚いてみせるし、つい誘惑に負けて、ひとくちだけ飲んでみたの。それが大きな失敗だった」

「眠くなったのかい」

「すっと飲めちゃったの、あっというまにグラス一杯の赤ワインを飲んじゃったの。それから立て続けに二杯目、三杯目、あんなにワインが美味《おい》しいと思ったのは生まれて初めてだった、ほんとうにすいすい入っちゃう、料理を食べ終わるころには二人でまるまる一本空けてしまって、眠くなったのはそのあとね。

眠くなったというか、その店を出て二人で夜道を歩きながら、またプロポーズめいたことを言われて、聞いてるうちにどこかで休みたくなって、まいいかって気になった、一晩くらいいいか、悪い人じゃないし。それで、今夜はもう帰りたくないって言ったわけ、泊めてほしいって、あたしから頼んだの」

　市内に入って最初の交差点にかかり、竹中昭彦はブレーキを踏んだ。まもなく信号が変わって車が動き出すまで、高木弘美は音もたてずにガムを嚙み続けた。

「悪いことにその晩、絵かきの彼があたしのマンションに電話をかける用事を思いついたのね。一度かけて留守だったから、心配して明け方までかけつづけたらしいわ。あとは想像がつくでしょう？　外泊なんていままでしたためしがないんだから、どう言い繕ったってもう遅い。反対に、あの人はあの人で、一回寝た女はもう自分と結婚するものだと決め込んでる、両親に紹介する、上司に仲人を頼む、新婚旅行はどこにしよう、あたしはまだ二十三で、なるようになると居直る以外にほかの方法は思いつかなかった。結局、なるようになって、いまのあたしがここにいるわけ。だからね」

　と言いかけて、高木弘美は運転席を振り返った。

「姉には内緒よ」

「わかってる」

「だから、あたしがあの人と結婚したのは、一にも二にもあのとき飲んだ赤ワインのせいなの、他に理由はないの。いつか本人にこの話をしてやりたかった。いつでもできると思って大事に取ってあったんだけど、たとえば、いつか憎みあって離婚するときが来たらとか、あたしが先に死ぬことになればその間際にとかね、遺書に書いて嫌がらせをする手もあるし、たまに、あの人のことでカッとしたときなんかに想像してみることはあったんだけど、まさかこんなに早く死なれるなんて思いもかけなかったから。

いまになってみれば、どうして出し惜しみして取っておいたのかって、それが唯一の心残りね、この話だけは生きてるうちにあの人にしておきたかった。ひょっとしたらあの人は、あたしのほうから結婚を望んで飛び込んで来たと、最後まで勘違いしてたかもしれない、そう思うと、あたしはいまでも悔しくて悔しくて夜も眠れないの」

そこまで喋ると、高木弘美は噛み終わったガムをていねいに銀紙にくるんでまたダッシュボードの灰皿に捨てた。そして聞き手の感想を待つような姿勢で、わずかに運転席のほうに身体《からだ》をむけてすわり直した。

「何か質問は？」

竹中昭彦は首を振り、しばらく間をおいてフロントガラスのほうへ顎をしゃくってみせた。

「信号の先に歩道橋が見えるだろう、あれを渡ればアーケード街まで近道になる、あそこで降ろしていいか？」

「そうね」高木弘美は腕時計に目をやって答えた。「待ち合わせの時間にはだいぶあるし、久しぶりに映画でも見ようかしら」

「映画館もあそこで降りたほうが近い。待ち合わせは何時？」

「竹中さん、夜はかならず姉に電話するのよ」彼女は笑いをかみ殺した。「あたしは六時半に人と会って、もし食事のときに美味しい赤ワインを飲まされたら、そのまま帰れなくなると思うから。そうしたら、姉が誤解して大騒ぎになるかもしれない、だからかならず電話をしてやってね」

それから二百メートルほどの距離を車が移動するあいだに、助手席の高木弘美はシートベルトの金具を外し始め、竹中昭彦は運転席で、彼女が六時半に待ち合わせている相手は短大時代の友人ではなく男というわけか、と考えていた。

歩道橋の下をくぐり抜けたところで彼は車を停めた。すぐ前方のバス停に、黄色い車体の市営バスが一台停車している。そのバスの後部に掲げてある自分の勤め先のカメラ屋の広告を眺めながら、あの話をするならいまのうちに、次のバスが後ろからやって来ないうちに、と彼は思った。

助手席側のドアを開けて、片足を地面に降ろしたところで、高木弘美が振り返って訊ねた。

「何でもない」と竹中昭彦は答えた。

いまのいままで、例の、妹から毎年送られてくるカードを壁にピンナップする姉の習慣のことを話そうと思っていたのに、高木弘美が振り返った瞬間、彼の頭を占めていたのは事故の晩の弟の記憶だった。

　あの晩、弟は何かを告白するつもりだったのか。とうに死ぬ覚悟がついていることを、誰かに告げたかったのだろうか。町じゅうの女と寝てしまう、という冗談めいた言葉の中には、兄の恋人とまで、という口では言い出せぬ秘密が暗示されていたのだろうか。それとも、あの晩の弟は酔った勢いで、ただの人恋しさから車を飛ばして会いにきただけなのか。やはりあれは事故で、いつかはと迷いながら、いつかは兄に打ち明けなければという重荷を背負ったまま、そのいつかが来る前に死んでしまったということなのか。

　それはこれまでに何度も何度も繰り返し考えたことだった。繰り返し考えたところで、絶対に解決のつく問題ではなかったのだが。

「何でもない」ともういちど竹中昭彦は言った。

「いいのね？」

　助手席側のドアが閉まった。

　高木弘美は歩道橋へ向かうために車の後方へ歩き去った。

　あのクリスマスカードの話ならいつでもできる、今日でなくても、そう思い直して彼は右へウインカーをつけた。

　後方を確認し、あのカードに使われている映画のスチールを頭の隅に思い浮べた。

観音開きのぶあつい木の扉が内側へ開いて、うつむき加減の男が中に入って来る、外は雪だ。

両手、両脇に、男は抱えきれぬほどのリボンのかかった箱を抱えている。それらはすべて中で待つ女たちへの、かつて寝たことのある女たちへの贈り物。つまりあの静止画は男にとっての夢のハレムへの帰宅の瞬間をとらえたものだ。右へハンドルを切りながら、竹中昭彦はそこに弟の顔を置いてみた。静止画の中のうつむき加減の男の顔に、二年前の記憶の中の弟の顔をだぶらせてみた。

それからすぐに彼は舌打ちをして、現実へと頭を切り替え——雪はもうとっくに止んでしまった——今夜、かならずかけなければならない有坂弓子への電話のことを考えながら車を出した。

七分間

I

「きみのためなら何でもできる、命だって惜しくないって、その男の口癖だったのよ。死ぬほど愛してるって、会えばいつも言ってたらしいよ。彼女も本気に取るほどうぶじゃなかったんだけど、その晩は、ちょうど川のほとりに車が停《と》まってるときだったから、じゃあ、そこの川に飛び込んでみせてよ、そしたら信じるからって、はずみでね、つい言っちゃったの」

「それで？」

と彼は先をうながして、習慣で左手首に視線を落とした。

「その男はどう言い訳したんだ？」

「言い訳なんかしない、飛び込んだわよ、最初からそのつもりだったんだから、待ってましたって飛び込んでみせたのよ。いま十時五十七分よ、腕時計はどうしたの？」

「事務所に忘れてきた」と彼は答えた。

「ふうん」と女は言って、細長のグラスを傾けて青いカクテルをひとくちだけ唇をしめらせる程度に飲んだ。

「男が川に飛び込んで、それからどうなったんだ？」

「時間が気になるんでしょ？　たぶん健ちゃんは、みんなに内緒で、明け方に新聞配達のアルバイトをやってるのね？　だからいま何時か気になって仕方がないのね？　それならそうと早く言ってくれればよかったのに、きょうはあたしが徹夜して手伝ってあげるよ、心配しなくても」

「何なんだ、それは」

「冗談よ」女はまたひとくち青いカクテルを飲んだ。「ただの冗談よ、怖い目で見ないでよ、せっかくふたりきりで会ってるのに」

　彼はタバコをつけて灰皿を引き寄せた。それからテーブルの端に寝かせていた携帯電話に触れて、位置をちょっとだけ手前にずらした。

「川に飛び込んだ男を見て、おまえの友達はどうしたんだ？」

「どうせ話の途中でそれが鳴り出すんだわ」

「いいから話してみろ」

「彼女は感動しちゃったのよ、バカだから。川といってもそんなに深い川じゃないし、心臓マヒ起こすほど冷たくもなかったのよ、五月の連休ごろの話だから。でも男のほうは上から下までびしょ濡《ぬ》れだし、彼女も男を助けあげるときに腰まで水につかって、このままじゃ風邪《かぜ》をひいてしまう、すぐに熱いお風呂にはいらなきゃってことになってね、それでそのまま車で近くのホテルに行っちゃったの」

「泊まったのか」

「そうよ、もちろんそうよ、男はそれが目当てなんだから」

「おまえの友達だって感動してその気になったんだろ？」

「うん」

「だったら」携帯電話が鳴りはじめた。「何の問題もないじゃないか」

女がさきに手をのばしてそれをつかみ取った。そして相手の声に耳をすますと、一言も喋《しゃべ》らないままテーブル越しに彼のてのひらの上に落とした。

「問題はそのあとよ」と女が言った。

「健次郎《けんじろう》さん？」と電話の声は言った。「おとなしく車に乗ってくれてるよ。直接そっちに連れてっていいのかい？」

「ああ」

「じゃあすぐだ、五分で着くと思う」

「わかった」と彼は答えて携帯電話の通話ボタンをオフにした。「そのあとの問題って何だ、感動して、一晩じゅう裸で愛しあって風邪でもこじらせたのか？」

「まる二カ月も連絡がないの、あれだけ彼女にしつこく迫ってた男が、川にまで飛び込んでみせた男が、一回ホテルに行って別れたらそれっきり電話もかけてこなくなったの。それでね、彼女はもしかしてあたし騙《だま》されたのかしらって、今頃になって悔し泣きしてるわけ、あたしも彼女をなぐさめながら一緒に泣いてやって、世の中には悪い男がいるね、男の口車には乗らないようにこんどから気をつけようねって、そういう悲しいお話なの、これは」

「そうか」ほんのかすかに含み笑いの顔になって彼はタバコを消した。「ちょっと急用ができた」

「ほらね」

とため息をついて女は椅子の背にもたれ、カウンター席に並んだ客の背中のほうへ視線をなげた。

「いつもこうなんだから、もう一杯飲んだら？　ってあたしが勧められるのを待っているあいだに呼び出しがはいるのよね、なんかテレビドラマのお医者さんとつきあってるみたい」

「いつかまとめて借りは返すよ」

「きょうはやっと捕まえたと思ったのに、ふたりで燃えあがるつもりで、バッグの中にはエクスタシーまで入れてきたのに」

　彼はテーブルの伝票を裏返して、その上にポケットから取り出した一万円札を置き、重しに食塩の容器を載せた。

「どこでそんなものを見つけてきたんだ？」

「あら、知らないの？　そこのコンビニでカプセルに詰めたのを売ってるわよ、健ちゃんのお友達が毎日卸してるのよ」

「悪いけどな、きょうはおまえの冗談をへらへら笑ってる気分じゃないんだ」

　携帯電話を半袖シャツの胸ポケットにすべらせて彼は椅子を立った。

「先に行く。おまえはそれをもう一杯飲んでからこの店を出ろ、いいか？」

「わかってる、心配しないで、さっきからあたしの脚をちらちら見てる客があそこにいるから、健ちゃんがいなくなったらそばに行って、耳もとで『はにかみ屋さん』って囁《ささや》いてやるわ、いま出てったのはあたしの弟なのよって」

　ミニスカートからのぞいた女の太ももと、カウンター席の客の背中に彼はちらりと目をやった。それから、またかすかに含み笑いの表情をつくると、無言で出口のほうへ歩いていった。

2

外へ出るとすでに仲間の車が待っていた。

繁華街の真ん中にある店の前なので人通りがかなりあった。通行人の何分の一かは傘をさし、残りの大部分はたたんだ傘を持ったまま歩いている。その程度の雨が降っていた。

雨は梅雨入りした六月上旬から延々と降りつづいていた。夕方から一時あがっていたのだが今夜もまた雨だった。髪の毛がしっとりと濡れるまでには時間がかかるが、その気になればてのひらで、霧吹きでふいたような湿った空気をつかみ取ることができる、今夜はそんな雨だった。

車内には四つの人影が見えた。運転席にひとり、後部座席に三人。彼は空いている助手席に乗り込むとすぐに、『ルアー』までやってくれ、と運転席の仲間に命じた。

「『ルアー』か、ちょうどいい」後部座席のいちばん左側にすわった若者が言った。「ちょうどいま、ハンバーガーでも食おうかって、この高橋《たかはし》さんと話してたとこなんだ、ふらふら歩いてたとこを見ると腹ぺこみたいだしな、なあ？　ハンバーガーとビールでよかったら俺がおごるぜ」

後部座席の真ん中にはさまれた男は何とも答えない。右側の若者が鼻を鳴らしてみせた。

「近くに車を停めたままなんだ」と彼は仲間の軽口をやめさせるために言った。

「女の家のそばをうろついてたんだよ」車を走らせながら運転席の若者が言った。

「たぶん腹ぺこなのは本当だよ、金も持ってないみたいだし」

「大事にかかえてたのはこれだけだ」後ろから紙包みを持った手が伸びた。「中身が何か知ったらきっと驚くぜ」

彼はそれを受け取り、後ろの右側でまた鼻を鳴らす音を聞いた。

「ビデオのカセットだ」と左側の声が言った。「それもただのビデオじゃない、『ロングバケーション』の最終回を録画した貴重なやつだ、値打ちもんだよ、なあ高橋さん、あんたはこれを彼女のためにわざわざ録画してやったんだろ？　あんたの彼女は花嫁修業で忙しくてテレビなんか見てる暇ないもんな、まったく、ＣＭが入るたびに停止ボタンまで押してな、見あげた努力だよ」

「健次郎さんも知ってるだろ？」運転席の若者が言った。「テレビで『ロングバケーション』てドラマをやってたんだよ。まちがいないよ、途中でビデオ屋に寄ってみんなで確かめたんだ、最初の十分くらいとおしまいのとこだけ、他には何も映ってないと思う、それはただのビデオテープだよ」

「俺はてっきり、高橋さんが副業で裏ビデオでも扱ってるかと思ってさ」とまた後部座席の左側の声が言い、右側で鼻を鳴らす音がした。「生唾《なまつば》のんで見て損したよ、ビデオ屋で。でも健次郎さん、世の中には悪い女がいるよな、その気にさせるだけさせて、このシャイな高橋さんに高飛びする決心までつけさせといてさ、裏では結婚話を進めてるんだもんな、いいとこのお嬢さんにしちゃたちが悪いぜ、おかげでどうだ、高橋さんは身の破滅じゃないか、なあ、恨んでも恨みきれねえよな？」

「そこで停めてくれ」と彼は運転役の若者に命じた。

車は『ＬＵＲＥ』とネオン管の看板のかかった店の十メートルほど手前に停まった。さきほどの店からさほど遠くない一角なのだが、繁華街のブロックのいちばん端にあたるせいで、飲食店の数が少ないぶんだけ通りはほの暗く人影も見えなかった。

「さて、と」後部座席の左側の仲間が言った。「ハンバーガーの注文は全部でいくつだ？」

「高橋さんとおれはここで降りる」と彼は言った。「先に事務所に顔を出しといてくれ」

車内にしばし沈黙が落ちた。

彼が助手席のドアを開けて外に降り立つと、追いかけるように後ろの左側のドアが開いた。

「健次郎さん」そばに立った仲間が言った。「あとはもう上のやつらに任せたほうがいいんじゃないか？」

「金は」と彼は言った。

「だからそのこともさ。高橋はどうせ立ち直れないぜ、女にぼけて頭ん中がくさってるんだ、いくら中学の先輩だってもうかばいきれない、上にはそんな情けは通じないからな、このまま事務所に引っぱってったほうがいい、見つけたらそうしろと言われてるんだし」

「やつらが見つけたがってるのは高橋じゃなくて、金だろう」

「それはそうだけど、金のことは本人が口をつぐんでるんだから仕方ないじゃないか、力ずくで口を割らせるかい？　おれはいやだよ、上にまかせたほうがいい、健次郎さんだって、昔からの仲間を痛めつけるのはいい気持がしないだろ？」

「いいから高橋を降ろせ」

相手はいちどゆっくりと頭を振った。

「だいいち、おれたちだけで事務所に顔を出してどう言い訳すればいいんだ？」

彼は答えずにハンバーガー屋の看板のほうへ歩きだした。背後で舌打ちが聞こえた。つづいて足音が追って来て横に並んだ。

「わかったよ、あの二人はハンバーガーの差し入れを持ってあとから来ますって、バカのふりして言やいいんだろ？　どうせおれは、上からは能なしに見られてるんだからな、健次郎さんと違って。なあ、時計のことを訊《き》いてみろよ」

「時計？」

「高橋のしてる腕時計が変だ。頭のてっぺんから爪先まで垢《あか》まみれのくせして腕時計だけ光ってる、新品だし、子供が喜ぶみたいな派手な腕時計だ、これを見てください、何か訊いてくださいって言ってるみたいなもんだ」

　足音が車のほうへ戻っていった。

　彼はハンバーガー屋のすぐ前の脇道を左に折れた。その薄暗い道を少し入ったところに車は左に寄せて停めてあった。彼は運転席側のドアのそばに立って待った。

　やがて道の入口に、くたびれたワイシャツ姿の若者が現れた。細かい雨に彼の頭髪がしっとりと濡れてしまう前に、『ＬＵＲＥ』のネオン管の看板に照らされながらぼとぼと歩いてきて、高橋は彼のそばで深い吐息をついた。

「運転してくれ」と彼はキーを渡して言った。

　言われた通りに高橋は運転席へ、彼はその真後ろの席に乗り込んだ。二つのドアが閉まり、高橋が片手に持っていた上着とビデオの包みを助手席のシートに放った。

「この道は通り抜けられる」彼は後部座席でタバコをつけた。「通り抜けていちど右へ曲ればじきに国道に出る」

「タバコを一本もらえないか」

「車を出せよ」彼は言った。「運転の仕方はわかるだろ、これはもともとあんたが乗ってた車だ」

「いくらで譲ってやったか憶《おぼ》えてるか？」と高橋が訊《たず》ねた。

「この道を通り抜けて右だ」と彼は繰り返した。

「車の運転だって昔おれがおまえに教えた」と高橋が言った。「このへんの道ならおれのほうが詳しい。タバコをよこせ」

彼はドアの窓をさげて吸いさしを道端に放り投げた。

「タバコも自分で買えないのか」

「小銭をきらしてるんだ」

「だったら、あんたが隠してる金をくずして使えばいい」

高橋がまた深い吐息をついた。

彼は窓を閉めて座席の背にもたれかかった。

「どこまで行けばいい？」と高橋が訊ねた。

「それはこっちが訊きたいんだ」彼は答えた。「なにしろまず金の入ったアタッシュケースを見せてくれ、そのあとで事務所に挨拶に行こう、道順はあんたにまかせる」

「騒ぎを起こすつもりはなかったんだよ」

「わかってるさ、上の人間たちは、あんたの年とったおふくろみたいに人がいいって評判だからな、たった何千万かの金で色めきたつなんて誰も思わないんだ、あとで事務所に行ってみりゃわかる、健次郎、おまえはいい先輩を持ったって、金さえ返せばきっとほめてくれるぜ」

「すまない」

「あんたはもうおしまいだ」

半袖シャツの胸ポケットで携帯電話が鳴りひびいた。コール音がやむのを待ってから、彼は電源を切った。

「覚悟はしてるよ」と高橋が言って左手首の腕時計をはずした。「これを」

「あのとき諦めをつけるべきだったんだ」と彼は言った。「そんなもの、くれてやる」

「ベルトの裏を見てくれ、まだ消えてなければ、数字が読めるだろう」

彼は天井の車内灯をつけた。薄茶色のベルトにボールペンで描かれた記号にしばらく目をこらした。アルファベットの一文字にハイフンつきで四桁の数字がかろうじて読み取れる。読み終わったあとで彼は車内灯を消し、落胆した顔つきになった。

「控えの番号だ」高橋が言った。「図書館の貴重品預かりの」

「図書館の貴重品預かり」彼は気の重い口調でつぶやいた。「そこの金庫に大金を保管してもらってるわけか、あんたがそんなに抜け目のない男だとは知らなかったよ」

「何千万て金額の金じゃない、ちょうど八百だ、アタッシュケースじゃなくて辞典の箱に詰めて包装してある、上からリボンまでかけてある」

「あんたの頭が切れるのはもうわかった」彼は高橋の膝のうえに腕時計を放った。

「エンジンをかけろ、これからその図書館の金庫を襲おうぜ、朝まではとても待てないから」

「今月から、夏のあいだは十一時半まで開館してる」高橋はキーをひねり、前照灯のスイッチを入れた。ダッシュボードの時計の数字と腕時計の文字盤とを見くらべながら言った。「いまからでもぎりぎり間にあう、少しくらい過ぎても職員に頼みこめば。健次郎、この腕時計は遅れてるのか？」

「車を出せ」と彼は命じた。

「金さえきちんと戻せば」

と言いかけて、高橋はワイパーを作動させフロントガラスの先の霧のような雨を見つめた。車がじわりと走りだした。

「おれを見逃してくれるのか」

「上のやつらに訊いてみなよ」

「上のやつらなんてどうでもいい、おれはおまえに頼んでるんだ。今夜、もういっぺんだけ会うことになってる、十二時に会うと電話で約束してくれた」

「まだそんな寝ぼけたことを言ってるのか」

彼は速度をあげた車の中でもう一本タバコをつけた。

「なあ高橋さん、あの女の誕生日はいつまで続いてるんだ？　いったいいつまで女に振りまわされりゃ気がすむんだ、女なら」

その続きを高橋がさえぎった。

「ほかにいくらでもいるのはわかってる」

「おれたちにはおれたち向きの女がいるんだ」と彼は続けた。

「そんなこともわかってる、おまえの説教は聞きあきたよ。頼むから、おれにもタバコを吸わせてくれ」

「あのとき諦めをつけるべきだったんだ」と彼は言った。「諦めをつけてひとりで逃げるべきだったんだ、おれはあんたがまだこの街でうろうろしてるなんて思いもしなかった」

「もういっぺんだけだ、今夜会って話をつける、おまえにはこれ以上迷惑をかけないようにする」

「もう遅いよ」

「どうしてもだめか？」

「その突きあたりを右だ」と彼は言った。

「おまえ図書館がどこにあるか知ってるのか」

彼はもう一度ドアの窓を降ろして吸いさしを外に投げ捨てた。

「知ってるのか？」

「国道に出たら」と彼は答えた。「あとの道順はあんたにまかせる」

3

武上英夫《たけがみひでお》がその道に車を停めるのはこれで二度目だった。

一度目は梅雨入り前のさわやかな晩で、車を降りて背のびをしながら脇道の角に灯《とも》ったネオン管の看板の下まで歩いても、歩き足りないような若々しい気分を味わったのだが、今夜はそのほんの短い距離を息をきらして駆け抜けなければならなかった。すこし前から雷が鳴っていた。道路にたたきつける雨粒はハンバーガー屋の窓明りのせいでほの白く、まるで雹《ひょう》のかたまりが跳ねているように見えた。初めてのときはガラス越しに中を覗《のぞ》き、客が混んでいないのを確かめてから扉を開けたのだが、二度目はそんな余裕はなかった。扉の前で一秒でも躊躇《ちゅうちょ》すればずぶ濡れになってしまう。バスタオルと洋服の替えが必要になる。今夜はそんな勢いの雨だった。

　店内は初めてのときと同様に空《す》いていた。武上英夫はてのひらで湿った髪をかきあげ、上着を脱いでそれもてのひらで軽くはたきながらカウンター席の左端の椅子に腰をおろした。扉にいちばん近い席で、前回もそこにすわったのだ。スポーツ新聞と夕刊が目の前に重ねて置いてあった。

　ほかに客はひとりだけだった。詰めれば十人は入るカウンター席の真ん中寄りの椅子にその男は腰かけていた。武上英夫から四つ離れた椅子だ。やはり雨の中をついいましがた駆け込んで来たという感じで、ハンカチでさかんに髪の毛を拭っている最中だった。

「ビールを、それとメニューを見せてくれ」

　とその男が言ったので、武上英夫は奥へ注意を向けた。この店がだすのはハンバーガーとあとは飲み物だけ、それもバドワイザーとコカコーラの二種類しかないと前回見当をつけていたので、メニューがあれば自分もぜひ見てみたいと思ったのだ。男の前にバドワイザーの瓶とグラスが置かれた。

「すいません」と店主がわずかに頭を下げてみせた。「うちはハンバーガーと添え物のピクルスしかだせないんです」

「じゃあその、ピクルスを」男はハンカチをたたまずに上着のポケットに押し込んだ。

「倉田《くらた》という少年を知ってるかな、ここへ来れば会えると聞いたんだけど」

「さあ」

「ハンバーガーをふたつ」武上英夫は店主と目が合ったので注文した。

「それとコカコーラ」

店主がコカコーラの瓶とグラスを運んできてまた奥へ戻った。男の前にピクルスをのせた使い捨ての小皿を置くとハンバーグを焼きにかかった。

「少年という言い方が悪いのかな、実際の年齢は二十くらいかもしれない」と男が言った。「でも年齢より下に見える」

返事は聞こえない。武上英夫はカウンターの上から新聞を取りあげた。スポーツ新聞は自分で買って読んでいたので脇へ置き、夕刊を開いた。

「ここによく顔を出すと聞いてきたんだけどね」と男が言った。

武上英夫は日付でいえば（すでに夜中の十二時をまわっているので）昨日未明に起こった交通事故の記事を探した。普通乗用車が国道に停車中の大型トラックに衝突して大破した。トラックの運転手は夜食の弁当を買いに降りていて無事だった。衝突したほうの車に乗っていた若いカップルは即死だった。

事故現場の写真つきの記事をざっと読んでみて、武上英夫は、死亡した娘が結婚を間近に控えていたという曖昧な一行にこだわった。わざわざそう書くからには、その娘の結婚するはずだった相手が、車を運転していてともに亡くなった若者とは別の人間なのだと、記者は伝えたかったのだろうか。

「下の名前は健次郎」と男が言った。「倉田、健次郎」

たぶんそうに違いない、と武上英夫は思った。そんなふうにこの一行は読み取れる。地元紙の記者は、亡くなった娘の関係者に取材して事実を知っていたのだろう。

今朝（日付でいえばもう昨日の朝だが）、仕事に入る前に同僚から聞かされた話がその事実を裏づけていた。地元紙の夕刊の記事よりも、運転手仲間の噂話《うわさばなし》のほうがよほど速やかに具体的な情報を伝えてくれる。死んだ女が十月に式を挙げる予定だったホテルの名前まで、彼らは知っていた。死んだ女は、婚約者に内緒で夜遊びの真っ最中に事故にあった、というのがすでに一致した見方だった。しかもいわくつきの若者と一緒に。

「とにかく待ってみよう」と男が言った。「僕にもハンバーガーを一つ」

その点にも記事は触れていない。死んだ男の素性がすっかり抜け落ちている。この記事はただ単に無残な事故の結果を伝えているだけだ。夕刊をたたんでもとに戻しながら、武上英夫は炸裂《さくれつ》音に驚いて思わず背後の扉を振り返った。だいいち国道に停車中のトラックに激突するという普通では考えにくい事故をスピードの出し過ぎやわき見運転といった通りいっぺんの言葉で片づけられるものだろうか？

続けて稲光が走った。この店にむかってフラッシュが焚《た》かれたようにガラスの扉が

光った。カウンターに向き直り、三つまで数えているあいだに、

「この店の名前の由来は」

と男が言いかけて、次の雷鳴にかき消された。

この店の名前の由来なら、聞いてみても損はないと武上英夫は思い、コカコーラをグラスに注《つ》ぎながら耳をかたむけた。

「どしゃ降りだ」と男は窓を振り向いてから言い直した。「この店の名前は魚釣りと関係あるの？」

また返事がない。

「フライ・フィッシングとか、ルアー・フィッシングとか言うだろう、あのルアーなのかな」

店主がのっそりとした感じで男のそばに歩み寄り、カウンターの陰から引っぱり出した何かをバドワイザーの瓶の横に置いた。そしてまた持場に戻った。その何かをまじまじと見つめたあとで、武上英夫の視線をとらえて男は苦笑いをしてみせた。

男の背中で、雨に滲《にじ》んだ窓が白く輝いたが今度は稲光ではなかった。武上英夫は扉越しに一台のタクシーが停車するのを見た。自分の会社のものとは別のタクシーであることも確認できた。

「L、U、R、E……」と聞こえよがしにつぶやいて男が頁を繰った。男は酔ってい

るようだし、寡黙な店主が男に差し出したのはどうやら英和辞典のようだった。

この店のハンバーガーがいけることは初めて来たときにわかっている、と武上英夫は思った。今度はこの店にメニューがない事実を知ったし、それともう一つ、ここは店主との気安い会話を楽しめる店ではない点も明らかになった。別にそれはそれでかまわない。あらかじめそうとわかれば、今後もふいにハンバーガーが食べたくなったときだけあの道に車を停めて、この椅子にすわり、無駄口はたたかずに出されたものを平らげて仕事に戻るだけの話だ。

武上英夫は片手で頰杖《ほおづえ》をついて、コカコーラをちびちび飲みながら、さらに勢いを増した雨音を聞くともなしに聞きながら、ハンバーガーが出来あがるのをただ待つ姿勢に入った。

そのとき店の扉が開いた。

4

倉田健次郎は『ＬＵＲＥ』の扉を開けながら記憶をよみがえらせていた。

それは、中学校の教室でひとり窓辺の椅子に腰かけて、頰杖をついて降りしきる雨を眺めている、美しい女生徒の思い出だった。おなじ日の放課後に、校舎の車寄せの屋根の下で、雨のなかへ走りだそうと決心をつけた直後に、赤い傘をさしかけてくれた美しい女生徒の思い出だった。記憶の断片といっていいその二つのシーンは、思いもかけぬときに鮮やかによみがえって、彼の感情の柔らかい部分を刺激しつづけていた。何年も何年も、だしぬけによみがえるたびにその部分を針で刺したような痛みを与えつづけていた。

店内に入り、カウンターに沿って奥へ歩いてゆくあいだに、彼は頬杖をついた女生徒の横顔の記憶を頭の隅から振りはらった。赤い傘のイメージを消し去るには今夜はかなりの努力が必要だった。

彼は自分のそういうあまさを憎んでいた。あまさを露呈させたような自分の年より若く見える顔も憎んでいた。そのことを他人に知られるのが嫌で、普段は大人びた恰《かっ》好《こう》をするよりもむしろ逆に、十代の少年のような服装を選んだ。半袖のチェック柄のシャツのボタンを上から三つまではずして裾を垂らし、洗いざらしの綿のパンツにバスケットボール・シューズ、それが今夜の彼の服装だった。

タクシーを降りて『LURE』の扉を開け閉めするうちに、激しい雨のせいで彼の髪はプールからあがってきた少年のように濡れてしまい、前髪の毛先のあたりがわずかにカールしていた。

彼はカウンターのいちばん奥の椅子に腰をすえた。じきに彼の前にコカコーラと折りたたんだ白いタオルが置かれた。他に二人いた客のうちのひとりが席を立ち、奥から二番目の椅子にすわり直した。

「やあ」とその男は言った。「きみが現れるのを待ってたんだ、ここに来ればかならず会えると聞いてね」

彼は濡れた髪をタオルでふきながら振り返ったが表情は変えなかった。店主のほうへ視線を移し、タオルを使う右手に力をこめただけだった。

「忘れたのなら、また名刺を渡そうか？」と男はなおも言った。

ハンバーガー二つの皿を入口付近の客に出し、店主は戻ってきてハンバーガー一つの皿を男の前に置いた。

「チーズバーガーを一つ、ベーコンエッグバーガーを一つ、それとビールを二本、袋につめてくれ、十分したら迎えが来る」

と彼は言い、タオルを返してから、横の男へ顎をしゃくった。

「それから余ってるチャカがあったらこの人にわけてやってくれ、この人は、本業は新聞記者だけど趣味で拳銃をコレクションしてるんだ」

入口近くの客がハンバーガーを頬ばったままこちらへ目をむけた。罪のなさそうな顔つきの中年男だった。この店の主人も、横の新聞記者も、三人とも彼の目には同年配の中年男に見えた。店主が注文の品をつくるために背中を向けた。

「ひさしぶりだね、七種《さいぐさ》あるくさん」と彼は言った。「こんなとこで何の取材だい？」

「きみを待ってたんだよ」

「ここを誰に教わったか知らないけど、あんたがあんまり余計なことを嗅ぎまわると、教えた人間に迷惑がかかることになるよ」

「僕は何も嗅ぎまわっちゃいない」と七種歩は言った。「ただ由紀子《ゆきこ》さんに、きみのことで相談に乗ってほしいと頼まれただけだ、社にいきなり電話がかかってきてね、それで急にきみの顔が懐かしくなって、あちこち訪ね歩いたすえにここにたどり着いた」

「由紀子？」彼はそっと聞き返した。

「そうだ。去年、ロックコンサートの晩に一度だけ会ったお嬢さんだ、知ってるだろ、男なら一度会えば彼女の顔は二度と忘れない、それくらいきれいな娘だ」

「ハンバーガーを食べなよ」と彼は言ってコカコーラを瓶からじかに飲んだ。「冷えるとまずくなるぜ」

七種歩は皿を引き寄せ、上のパンをめくって中身をのぞいてみたが手には取らなかった。

「いったい何がどうなってるんだ」

しばらくして彼が低い声で訊ねた。

「ひょっとしてこのお節介もあんたの趣味なのか、あんたは物わかりのいいおじさんの役にでもあこがれてるのか？」

「きみが彼女に僕を紹介したんだよ、あのときに名刺を見せただろう、それで彼女は僕の名前だけかろうじて憶えていたんだ」

「でもなぜあんたなんかに電話をかける」と彼は声をひそめた。

「僕しかいないんだよ」七種歩は答えた。「きみは彼女に、最後まで、きみの側の人間を誰ひとり紹介しなかったろう。だから彼女にとっては、きみの側の人間は僕しかいないわけだ」

「おれの側の人間？」

「ゆうべ国道の事故で死んだ若者はきみの仲間だったんだろう？」と七種歩は言った。

「僕もその若者とおなじ世界に住んでいるわけだ、彼女の目から見れば。そう言えばわかるか？　彼女には彼女の住む世界がある、おれたちにはおれたちの世界がある、どちらからどちらへも行ったり来たりはできない、それがきみの持論だったんじゃないか？」

「彼女はあんたに何を頼んだんだ」

「会って話したことは内緒にしてくれと」

「おれをからかってるのか」

「知ってるか」と七種歩は言った。「死んだきみの仲間が助手席に乗せていたのは銀行の女子行員だった。その女子行員は秋に結婚が決まっていた、きみの側にはいない男との。それともう一つ、きみの仲間はトラックに衝突するまで一度もブレーキを踏まなかった」

「わかったよ、あんたはおれの仲間に入りたいんだ」

彼はコカコーラの瓶を傾けて一口飲んだ。

「で、おれたちのことをいろいろと研究してるんだ」

「彼女はまだ迷っているのかもしれない」と七種歩は言った。「誰にでもいいからきみの話を聞いてほしかったのかもしれない、話し相手がきみの側の人間であれば、誰でも」

「そうかい」

「中学時代のきみは孤独な少年だったらしいな。少なくとも、仲間をつのって取りしきるほど社交的ではなかったみたいだな」

「なあ七種さん、何時だと思ってるんだ、美人の奥さんが待ちくたびれてるぜ」

「女房ならもういない」と七種歩が言った。「ポケットに拳銃を隠してるような気味の悪い男は、女には敬遠されるんだよ。知ってるだろ」

彼は七種歩の上着の胸もとを透かし見るような目つきで見て、半袖シャツのポケットから携帯電話をとりだすと通話ボタンを押した。

「きみの持論を認めるよ」と七種歩が言った。「彼女たちは彼女たちの世界に住み続ける、そしてきみや僕とは縁のない人生をおくるだろう」

「酔ってるのか」と軽い舌打ちをしてから、彼はつながった電話にむかって訊ねた。

「いまどこだ」

「きみのあの美しいお嬢さんは」と七種歩が続けた。「きみやきみのまわりの人間とはまったく縁のない人生をおくる、これから何十年も。揃《そろ》いで買った腕時計の片方だけが手もとに残って、埃《ほこり》をかぶった思い出の品になる」

突然店の外でクラクションが二度鳴り響いた。その音のせいで、雨脚がいつのまにか弱まっていることに中にいる誰もが気づいた。

彼は携帯電話を握ったまま後ろを振り返り、窓越しに見える車の運転席のほうへうなずいて見せた。それからあらためて隣の新聞記者に笑顔をむけた。

「酔いをさませよ、七種さん」と彼は携帯電話をポケットに戻して言った。「あんたの言うことはわかる、美人の奥さんに逃げられてあんたが寂しいのもよくわかる、でもおれたちの側にも女はいるんだよ、冗談言いながら遊び相手になってくれる女ならいくらでも」

「彼女はいつか彼女の側の男のなかから誰かを選ぶ、その男と結婚して子供を産む、彼女の親たちがそうしたように彼女じしんもありふれた穏やかな人生をおくる」

「それでいいんだよ」

「たとえ退屈でどうしようもない未来でも、そのことが目に見えていても、彼女はそっちを取る。きみがいまの世界に立っているかぎり、きみと一緒の人生を選ぶ勇気はない」

「いくらだい？」と彼は店主に訊ねた。

「彼女が僕にそう打ちあけたんだ」と七種歩が言った。

彼は支払いをすませて、店主と七種歩に続けて言った。

「水でもやってくれ、悪いけど行くよ」

「倉田健次郎」と七種歩が言った。「きみは、きみの人生でいちばん美しい娘を失うことになるぞ」

「泣かせる台詞《せりふ》だな」彼はふくみ笑いの顔になって席を立った。「あんたはあんたの人生でいちばんきれいな女を失った、おぼえとくよ、どこかで使えるかもしれない」

同時に立ちあがりかけた新聞記者の腕を店主が押さえた。椅子が耳ざわりな音をたててきしみ、バドワイザーの瓶が倒れて床に転がり落ちた。三人の動きがしばし止まった。店主に腕をつかまれたまま、新聞記者は逆らう気力もなさそうだった。彼はカウンターの上からビールとハンバーガーの入った紙袋を取った。

「酔ってるんだ、この人は」

そう言い捨てると店の入口のほうへ歩いていった。そこにひとりだけ離れてすわっていた客が振り向いて、彼と目を見合わせた。知った顔ではない。しかしどこかでいちど見た顔だった。相手の目つきでそのことがわかった。今夜は次から次にくたびれた中年の知り合いが現れる。彼はかまわずに扉を開けた。

外に出ると雨は小降りになっていた。ついさっきまでの雷雨にくらべればやんだも同然の降りかただった。

店の前に横づけされた赤い車の助手席に彼は乗り込んだ。

「今夜は捕まえたわよ」ドアが閉まるなり女が言った。「そんなもの食べたりしてる暇はないんだから」

「ここのハンバーガーがいいって言ったのはおまえだろ」

運転席から女が身をのりだして彼のシャツのポケットを探った。携帯電話をつまみ取ると、電源を切ってからダッシュボードの上に載せた。

「ひどい雨だったね、雷も鳴ったたし。あたし警察までだって迎えに行ってあげたのに。健ちゃん、濡れたでしょ、ずぶ濡れでしょ？　どこかで熱いお風呂に入らないと風邪ひいちゃうね」

「少しバックしろ」と彼は言った。「バックして左に入れ、国道まで近道になる」

「どうかしたの?」指示通りに車を走らせ、停車中のタクシーの脇を通り過ぎながら女が訊ねた。「刑事さんにいじめられた?」

「車のことを聞かれただけだ」

「かわいそうに、勝手に乗り回されて、ぺちゃんこにされて大迷惑よね」

「その話はもういいんだ」

「じゃあ何よ、なんでそんなお通夜みたいな顔してすわってるの、この街でいちばんいい女がそばにいるのに」

「風邪をひきそうなんだ、早く風呂に入らないと」

「言うことはそれだけね」

「そのさきの突きあたりを右だ」

「このまま突っこんじゃお」

「本当を言うとな」

「うん」

「おれはおまえのためなら何だってできる、命だって惜しくはない」

笑い声をたてて女はハンドルを切った。

車は脇道を抜けて右折し、国道の灯《あか》りをめざして速度を上げた。

彼は助手席で女の機嫌のいい話し声を聞きながら、膝にのせた紙袋から立ちのぼるハンバーガーの匂いを嗅ぎながら、どうでもいい別のことを考えていた。

どうでもいいことなのだが気をそらせるために、昨日から今日にかけて起こった出来事のすべてから意識を他にむけるために、いましがた『LURE』を出るまえに目を合わせた客のことを考えていた。誰だかわからないが、確かにいちど、どこかで会っているはずの、罪のなさそうな四十男の顔をぼんやりと思い出していた。

5

あの若者の顔には見覚えがある、だがいつどこで見たのかが思いだせない。薄暗い脇道の左端に寄せて停めたタクシーの中で、武上英夫はしきりに首をひねっていた。

タバコを一本吸い終わって、仕事に戻るふんぎりをつけるまでそのことを気にかけていたせいで、後方から小走りでやってくる男の足音も聞き逃したほどだった。その男は運転席の窓を二度ノックして、それから自分で客席の右側のドアを開けて乗りこんできた。いままでハンバーガー屋に一緒にいた例の酔客だった。

時刻は午前二時をまわり、雨はあがっていた。男は行先のマンションを告げるとシートの左側にすわり直した。

武上英夫はいったん後ろの広い通りまで車をバックさせた。そこで方向を変えて、

ネオン管の看板を左に見てハンバーガー屋の前を走り過ぎながら、

「変な店ですよね」

と話しかけてみた。

「ルアーってどんな意味なんですか」

男は返事をためらった様子だった。このタクシーの運転手が、さっきまでハンバーガー屋にいたもうひとりの客だと気づいて戸惑っている、そんな感じの沈黙が長びいたので、武上英夫はもうひとこと付け加えた。

「メニューはないはずなのに、あの若い人は何か頼んでなかったですか、ベーコンだとかチーズだとか」

「うん」と話題のわりに重々しくうなずいて、男は訊ねた。「あの店はほかの運転手さんたちも使ってるの？」

「いいえ」

と武上英夫は答えて、あとを続けると話がそれそうなのですっぱり省略した。運転手仲間のたまり場は別にある。仲間の集まる店に足がむく晩もあるし、独りでいたい晩もある。省略したのはそんな他愛もない話だ。

「タクシーの仕事も大変だろうね」と男が言った。「特にこれから夏場は、一日じゅう冷房をきかして走らなきゃならないし、僕なんかも社にいるときは」

「仕事が終わると体がだるいですよね、年のせいもあるけど、お客さんは新聞社のかたですか」

「そう、運転手さんは何年生まれ？」

この話は面倒くさくなる、と思いながら武上英夫は正直に答えた。

「じゃあ同い年じゃないか」と男が言った。「年のせいなんて言うからもっと上かと思った」

「私はふけて見られるから」謙遜したうえで武上英夫は訊いた。「あの若い人は知り合いですか」

「うん」と軽くあしらうような返事を男はした。

タクシーは交差点の手前で信号待ちに入ったところだった。学生さんですか、と武上英夫はもう一押し訊ねてみた。しばらく間があって、男が笑い声をもらした。

「変なことでも言いました？」

「言ったよ、彼はあっちの世界の人間なんだ」

「何ですか」

前の信号が青に変わり、武上英夫は右折するためにタクシーを徐行させた。直進してくる車を何台かやりすごしていると、男が投げやりな声をあげた。

「長生きできない人間だ」

「まだ若いでしょう」と武上英夫は自分でもよく意味のわからない相槌《あいづち》を打った。

「ゆうべこの先のほうで事故があっただろう」男が口調をあらためた。「あれは単なる事故じゃなくて、本当のところは男が女を巻き添えにした無理心中だ。その男はまだ二十二で、さっきのあの若者の仲間だった。若くても長生きするとはかぎらないさ、だいいちあいつらは長生きすることなんか考えてない。おとなしく結婚して、子供を育てあげて、孫の顔まで見られるような人生とはぜんぜん縁のない連中だ」

直進してくる車のライトにむけられていた武上英夫の視線がふいにぶれた。

「仲間がひとりくらい死んだってあいつらは平気なんだ。あんたも見ただろ、仲間の通夜の晩に、ちゃらちゃらした女と遊びまわってる、平気な顔をしてチーズバーガーを買いに来る、そんなやつらだ、そんなやつらがなんでそこらへんの学生とおなじに見える？」

両手をハンドルに添えたまま、武上英夫は眉をよせる顔つきになり、誰もいない助手席を振りむいた。そしてそこに、数日前の雨の晩、青い背広を着てすわっていた若者の顔を思い出した。

「どうした？」後ろから男の声がうながした。「行かないのか？」

武上英夫はあわててハンドルを右へ切りながら車を出した。

タクシーが国道の流れにのってしまうと、また男が世間話の口調にもどって話しかけた。それはまず、運転手さんには子供はいるのかという質問から始まったのだが、すでに四日前の雨の晩の記憶をたどりかけていた武上英夫にとってはただうるさいばかりだった。

6

酒を飲ませる店の看板が両側につらなったにぎやかな通りで三人の男は乗り込んできた。武上英夫は一目で彼らがその筋の男たちだと気づいた。後部座席にふんぞりかえった年配の二人はそろって黒っぽいダブルの背広に身をかためていた。二人のうちのどちらかのせいで糖蜜《とうみつ》に浸した果物のようなオーデコロンの匂いが車内にたちこめた。

「中型を呼べと言わなかったのか」後部座席でひとりが身じろぎしながら言った。

「これでいいさ」ともうひとりが言った。

「おれは中型を呼べと言ったんだ」最初の声が繰り返した。

「だからこれでいいじゃないか」と二番目の声がなだめた。

「これが中型なもんか、なあ、運転手」

武上英夫は運転席でうなずいてみせた。にぎやかな通りに沿ってそろそろとタクシーを走らせながらうなずいてみせたつもりだった。命じられた行先は歩いても三分とかからないビルの前だ。

「耳が聞こえねえのか」最初の声が言った。「それとも口がきけねえのか、え？」

「これでいいさ」二番目の声が言った。「じきに降りるんだ」

「おれは中型を呼べと言ったはずだ。そうだろ、健次郎」

「このタクシーを呼んだのは健次郎じゃなくて、あの店のボーイだよ」

「そいつを携帯で呼び出せ、おれは中型を呼べとはっきり言ったはずだ」

「そこまですることはないさ、ほら、もうあのビルで降りるんだ」

「まったくどいつもこいつも役立たずばかり揃いやがって、健次郎、高橋はてめえの先輩だろ」

「その話はもう健次郎にまかせたんだよ、忘れたのか？」

「連絡がとれません、だと？　どっかの女事務員みたいな台詞で済ませられると思ってるのか、何のために携帯を持たせてるんだ」

「むしかえすなよ」

「今夜じゅうに引っぱってこい、いいか、十二時までにおれの前に連れてこい、一分でも過ぎたら」

「たいがい飲んでるんだから」となだめ役の男が言って助手席の若者の胸ポケットに

札をねじこんだ。「車の運転は用心しろよ」

　酒を飲ませる店ばかり集まったビルの入口に武上英夫はタクシーをつけて、ダッシュボードの時計が十一時二十分を差しているのを確かめた。慎重な操作で客席のドアを開け、後ろの二人がおとなしく降りてくれるように心の中で祈った。

「おい」案の定、降りぎわに不機嫌な声がかかった。「運転手、おまえ名前はなんていうんだ」

「よせよ、はやく顔を出さないと、みんな上で待ってるんだぜ」

「ドアを閉めなよ」助手席の若者が初めて口をきいた。「ほっといていい」

　それから行先の町の名を告げてシートに寄りかかった。武上英夫はため息を堪《こら》えて車を出した。すぐ先の角でハンドルを切りながら、隣の若者が自分の名前を呼ぶ声を聞いた。

「緊張させて悪かったね、武上さん」と彼は言った。「タケガミ・ヒデオ、と読むんだろ、運転手さんの名前は」

　もちろん彼は助手席側のダッシュボードの上に立ててあるネームプレートを読んでみせたのだし、武上英夫もそのことはわかっていた。だが続けて若者はこう言った。

「偶然て言葉は好きかい？」

「偶然？」と武上英夫はつぶやき返した。

「いや、いいんだ」

急に、気が変わったように彼は言葉をにごした。上着の胸ポケットからハンカチーフのようにのぞいている二枚の一万円札を取りだすと、ふたつに折ってズボンのポケットにしまい直した。

「飲酒運転を気にするヤクザってのは」彼は助手席側の窓に顔を映しながら言った。「笑い話のタネになるよな、違うかい？」

武上英夫はどう返事していいのか迷った。迷っているうちに、もう二つ角を曲ってタクシーは雨の国道にのった。その頃には若者はシートの背にもたれて薄く目を閉じていた。

雨はその晩も延々と降っていた。梅雨入りして以来やむことがなく降り続けていた。信号待ちで車を停めると、暗い空からボンネットの上まで何本もの直線を垂らしたように雨脚が見えた。まるで雨脚と雨脚との間隔を測ったように整然と、まっすぐに雨は落ち続けた。強まるでもなく弱まるでもなく一定の量と音をたもちながらその晩の雨は降り続けていた。

およそ二十分後、タクシーが国道をそれて住宅街の一角へ入り込んだころ、若者は起き上がり上着のポケットから取りだした腕時計に目をこらした。タクシーが街灯の下を三度通り過ぎるまで彼は文字盤から目を離さなかった。そのかんに武上英夫は三度、助手席を振りむき、若者の着ている背広の色に見とれた。それは明るい藍《あい》色とも、うんと濃い青とも言いがたい微妙な色合いだったが、窓越しの照明があたる瞬間に海の表面がふわりと揺れるような光沢が生地の上に浮かんだ。

「停めてくれ」

と言われて武上英夫がブレーキを踏んだのは雨音しか聞こえない住宅街の二車線の舗装路で、タクシーはちょうど街灯の真下に停車した。左手の歩道のほんの数メートル先に屋根付きのバス停があった。

まもなく屋根の陰から男がひとり現れて、車の前照灯を避けながらこちらへ歩いてきた。それを見て助手席の若者がドアに手をかける、開閉レバーを引こうとする、その寸前に武上英夫は後部ドアを開く操作をした。雨に濡れた男が転がり込んできた。自分は余計なことをしたのかもしれない、と武上英夫はとっさに思った。

「何時だ」とその男はまず訊ねた。

「バスを待ってるのかい」と助手席の若者が言った。「何時かもわからずに」

後部座席で男が舌打ちをした。

「どっかに腕時計を忘れてきた」

「あわてて出るからさ、余計なものを持って出るから大切なものを忘れるんだ」

「腕時計くらいまた買うさ」と言って男はタバコをつけた。「それよりいま何時なんだ」

助手席の若者が左手に持っていた腕時計の文字盤を読んだ。

「十一時三十五分」

ほとんど同時に武上英夫はダッシュボードの時計に目をやって四桁の数字を確認した。そして二度まばたきした。

「誕生日も残り少ないな」と若者が言った。

「来るさ」と男が答えた。「あいつだって決心はついてるはずだ。それに、ビデオだって見たがってたしな」

「ビデオ？」

「こっちの話だ、おまえに説明したってわからないよ」

「プレゼントはどうするんだ」皮肉まじりの声で若者が訊いた。「どこかよその街で買ってやるのか？」

「ああ、そのつもりだ」

「ちょっと外に出よう」

「所帯を持つんだよ」と男が言った。「おれももう二十二だ、いつまでもおまえらとつるんでるわけにはいかない」

「明日になっても相手が来なかったら、あんたはどうするんだ」

「来ると言ってるだろ、親に気づかれないようにぎりぎりまで待ってるんだよ。いつもここで待ってれば十二時には来る、もうじきだ、家を抜け出して走って来る」

「ちょっと後ろを開けてやってくれ」

と運転手に声をかけると若者は助手席側のドアを開けて外へ降りた。男が黙ってそのあとに続き、二人は雨のなかをバス停の屋根の下まで歩いていった。

武上英夫は運転席の窓を下げてタバコを一本吸い、しばらくじっと雨音を聞いていた。若者の腕時計とタクシーのデジタル時計との時刻のくいちがいのことを考え、それから自分じしんが彼らの年代だった頃、まだ結婚する前の、コカコーラの配達の仕事をしていた時代のことをいくつか思い出した。二十年前か、と彼は月並みな感慨にふけった。二十年なんていま思えばあっというまに過ぎ去ってしまったが。

思い出す出来事の底もつきはじめたとき、青い背広の若者がひとりで戻ってきた。こんどは助手席ではなく後ろのシートに乗り込んで、もう少しこのままでいてくれと言った。

「十二時まで待つんですか？」と武上英夫は訊ねてみた。

「悪いけどつきあってくれ」若者が答えた。「ちょっとしたゲームなんだ、言い出したらきかない人でね」

「でも」武上英夫はダッシュボードの時計が１１５８という数字を光らせているのを

見た。見ている間にそれは１１５９に変わった。

「自分で納得するしかないのさ、おれの時計を持たせてるから、時間になったらきっと自分の負けだってわかるはずだよ」

「でもあの時計は」

「武上さんはどう思う、十二時までに来るほうに賭《か》けるかい？」

「さあ」武上英夫は首をひねった。「いまの人と、その相手の人が、どんな関係かもよくわからないし」

「奥さんにプロポーズしたときのことは憶えてるかい」

「え？」

「返事を待ってたときの気持は思い出せるかい？　聞いてただろ、いまの人はまじで結婚する気でいるんだ、相手の女もいちどはうんと言ったらしい、その女が、今夜この雨のなかを来ると思うか来ないと思うか訊いてるんだ」

「そりゃ」武上英夫はダッシュボードの時計に視線を走らせた。１２００の数字が緑色に光っていた。「そういうことなら、来てほしいですね」

「じゃあ、あの人のために祈ってくれ」

「祈る？」

「どうか相手が心変わりしてませんようにって祈るんだよ、昔の、あんたが若かった頃の気持を思い出してさ、とにかく十二時までだ」

そして彼らは口を閉ざして待った。

タクシーのボンネットに降りかかる単調な雨音を聞きながら待った。バス停の屋根の下で独りベンチに腰かけて腕時計の文字盤を見つめる男と一緒になって待った。その腕時計の長針と短針がぴたりと重なるまでの時間をひたすら待ちつづけた。タクシーの前照灯のとどかない闇のむこうから現れるはずの人影を、闇のむこうへゆるやかな上り勾配《こうばい》でのびている歩道を単調な雨音にまじって聞こえてくるはずの足音を、おそらく旅支度をととのえ傘をさして駆けてくるはずの女の姿を期待して長い時間を待ちつづけた。

やがて、タクシーの後ろの座席で若者が身を起こす気配があり、前照灯の白い光のなかにさきほどの男の後姿が浮かびあがった。男は片手に大きな紙袋をぶらさげて雨にうたれながら歩き出していた。ゆるやかな上り勾配の歩道を闇にむかって歩き出していた。

「あんたの負けだ」と若者が言った。「祈りは通じなかったたな」

「どうします」ダッシュボードの時計で１２０７の数字を確かめてから武上英夫は訊ねた。「追いかけて乗ってもらいますか」

「いや」

「あの時計は」ともう一度だけ武上英夫は言いかけた。

「あれは夜店でまがいものをつかまされたんだ」と若者が言った。「べつにおれが欲しかったんじゃなくて、一緒にいたやつが揃いで買いたがったんだ、夜店のおやじはスイス製だなんて言いやがったけどまがいもんだ、いいからＵターンして街まで戻ってくれ」

　武上英夫は若者の指示に従った。

　ハンドルを右へ左へ切りながら前進と後退を二度くりかえし、進行方向を変えてタクシーを走らせた。

　帰りの行程は降りつづく雨のように退屈だった。若者は後ろの座席で眠ったように身うごきひとつしなかったし、武上英夫もときおりルームミラーをちらりと見上げるだけであえて話しかけようとはしなかった。

　ルームミラーに目をやりながら、武上英夫はそのたびにおなじことを考えていた。詳しい事情はわからないがあの男は、いまも雨にうたれて歩きつづけているはずのあの若い男は今夜女に裏切られたわけだ。ちょっぴり同情はするが、でもそんなことは何でもない。二十年もたてば、いまの自分とおなじ中年になってみれば若いころの失恋の一つや二つは何でもない。

　おそらくあの男にとってもその二十年の時の経過はまたたく間だろうし、そのとき彼はもう忘れているだろう。二十年前の雨の晩に、来ない女を待ちつづけた気持などもう思い出せないだろう。さっき後ろの若者から、昔の気持を、プロポーズの返事を待っているときの気持を思い出せと言われて自分にそれができなかったように。

　そしてこの若者もまた二十年をまばたきする間に生きて、もう今夜のことは何ひとつ思い出せないはずだ。恋人と揃いで買った七分遅れの時刻を示す腕時計のことも、いま着ている微妙な色合いの青い背広のことも、仲間の失恋の瞬間に立ち会ったことも。その瞬間を、若さにつきものの芝居がかった友情から、先へ引きのばしてやるために腕時計の遅れの分だけ猶予を与えたことも。

　その晩、ボンネットを単調に延々とたたきつづける雨音を聞きながら、今年四十一歳になるタクシーの運転手である武上英夫は、気をまぎらせるために繰り返しそんなことを考えていた。

解説

東根ユミ

今年五十六歳になる小説家、佐藤正午さんは秘密をいくつも持っている。

いくつも持っているように思えます。おそらく本人もぜんぜん気にしていないところで、その秘密は時を重ねるにつれ増大しつづけているように思えます。

でもその話の前に。唐突ですが、私には正午さんとの偶発的な出会いと一方的に告げられた別れがあります。まずそこから説明が必要です。

二〇〇九年、文芸誌「きらら」で佐藤正午さんによる「ロングインタビュー 小説のつくり方」の連載がはじまりました。副題にある通り、正午さんと「小説のつくり方」というなんとも漠然としたテーマで質疑応答をつづける、そういう連載です。この連載には一つ大きな特徴がありました。ふつう雑誌などで目にするインタビュー記事は、大まかに言えば、私のような仕事をしている人間が、取材対象となる相手に直接会って話をうかがい、うかがいながらメモを取り、こちらで原稿におこす作業を経てできあがります。けれどもこの連載は違います。面とむかって話す機会はいっさいなく、質問も回答もすべてメールのやりとりだけでおこなわれるのです。従来の形式を「喋《しゃべ》るインタビュー」と呼ぶなら、この連載は質問する側にとっても回答する側にとっても、正午さんのことばを借りれば「書くインタビュー」ということになります。

　連載開始から二カ月がたったころ。当初はほかのライターがインタビューアーをしていましたが、いくつかの偶然が重なって私が聞き手を引き継ぐことになりました。正午さんの全著作が詰まった段ボール箱が、すぐに担当編集者から届きました。

　これが私と正午さんのそもそもの出会いです。

　いつものインタビュー業務がメールに変わるだけ、そんな安易な発想でこの大役を引き受けてしまったことを、私はしだいに後悔することになります。一介のライターがかつてないほど文章を書く手間に直面させられたのです。迂闊《うかつ》でした。なにしろ相手は文壇屈指と呼ばれる文章巧者ですから、私が送ったメールに向けられる目もひじょうにシビアなのです。手加減はなし、正午さんにとっては赤児の手をひょいと捻《ひね》るようなものだったのでしょう、小説家は私からの文面を〈無精ったらしい質問の放り投げ〉と評し、なかなか素直に答えてくれません。しまいには〈メールをやりとりする甲斐《かい》がありませんでした〉とまで書かれたこともあります。しつこく訊《き》いてもはぐらかされます。しかもこのインタビューの性質上、そういったやりとりもそのまま雑誌に掲載されます。重たい段ボール箱を横目に、このへそ曲がり！　と何度思ったことか。

ちなみに①　じっさい会ったこともない小説家をいまこうして「正午さん」となれなれしく呼ぶのを黙認してもらうまであびせられたことば〈気安く呼びかけるのはやめてもらえないでしょうかね。気味が悪い〉〈正午さんと呼ぶな〉。

ちなみに②　この前代未聞のインタビュー形式は正午さんからの提案。

そんな紆余曲折《うよきょくせつ》のなかでも、最新刊『ダンスホール』での文体の秘密や一人称の奥行きなどわかりやすく語っていただきました。のらくらと質問をはぐらかしたり秘書の照屋さんに口述筆記させたりしながらも随所にちりばめられた、文章を（小説を）書くことに対する厳しいまなざしは、私にとって今後の仕事の指針にもなりました。

別れが訪れたのは、出会いから一年十カ月たったころのことです。

二〇一一年五月二十七日に届いた文面には、新作小説「鳩の撃退法」の執筆に専念するため〈ロングインタビューはちょっとのあいだお休みさせてください〉とありました。担当編集者に電話で確認すると、私の気持をよそに機嫌のいい声が聞こえました。いやさ、正午さんやっと小説書いてくれそうでさ、そういうわけでひとまず連載休止ってことで。そしてついでのように文庫本の解説を「書いてよ」と言います。

「解説を先に読む人のために、とか但し書きみたいなのもかったるいからやめてよ、あと正午さんのプロフィール紹介とかもいらないから、『正午派』を読んでもらえばそのへんは詳しくわかるし、カバーのとこにも簡単なプロフィール入れるし」
「じゃあ、どんなこと書けばいいんですか」
「だからさ、正午さんが『鳩の撃退法』の連載のほかに、『ロングインタビュー』も再開したくなってうずうずしちゃうような原稿を書けばいいじゃん、もう黙っちゃいられないみたいな解説をさ、まあ正午さんに万が一、読んでもらえればの話として」
「え、読まないんですか」
「いや、万が一はことばのあやだけど」

正午さんの秘密の話です。

読者のみなさんは、佐藤正午さんのお顔をご覧になったことがありますか？　お手もとに近影の入った著作がなければ、インターネットで画像検索すると出てくるかもしれません。では声はどうでしょう。正午さんのお声をじかに聞いたことがある読者の方はどのくらいいらっしゃるのでしょうか？

ものを書くのは一人の人間です。作家という肩書を持つ方々が、たとえば文芸誌の対談コーナーで同業者とことばをかわしたり、テレビ番組に出演してインタビューを受けたりと、その横顔に触れる機会は意外とあるものです。ああ、この作品を書いたのはこんな人だったのかと不思議な感慨にふけることもあります。

けれども正午さんの場合そのような機会が、きわめて少ないのです。公の場に姿を見せることがほとんどありません。なにしろインタビューをメールのやりとりだけで、と提案するくらいの人ですからね。読者とじかに顔を合わせるサイン会も（長いキャリアのなかで）二〇〇一年長崎市内で催されたいちどきりで、それすら「最初で最後」と振り返り（『正午派』より）、小説家と一対一でことばをかわしたのも一九八〇年までさかのぼらなければならず、デビュー前に働いていたホテルのフロントでの短いやりとりが「唯一の体験」と語ります（『小説の読み書き』より）。

一つ、正午さんの横顔を知るヒントになりそうなのがエッセイです。

長崎県佐世保市に居を定め、街から外に出ることもめったになく、毎日まいにち仕事机で小説を書いては書き直し、書かないときも小説のことは考えていて、気が向いたら競輪場へ足を運び、東京から編集者がやって来れば夜の街につきあう、スパゲティづくりの研究には長い年月を費やし、焼きあがったトーストにはリンゴのスライスを載せる——『ありのすさび』をはじめとするエッセイ集からは、皮肉とユーモアをまじえながらそんな自然体の暮らしぶりがうかがえます。

秘密のベールに包まれた横顔は、ともかく正午さんじしんが書いた文章から想像するくらいしか私たち読者には許されていないのです。たった一つの手がかりとしてその文章は信用できるかもしれません。できないかもしれません。わかりません。小説家が書いた文章ですから面白さは信用していいはずですが、小説家が書いた文章だからこそすべてが実話なのかという点ではちょっと信用がおけません。嘘《うそ》が書かれていると言いたいわけではありません。ただ、「書く」という行為はつねに脚色や虚飾といった工夫が伴うものです。とくに正午さんのような「書く」にあたっての手間を惜しまない小説家は、現実をそのまま記すよりも、いかに面白く読ませるかという点に日ごろから労力を費やし、文章を珠《たま》のようになるまでせっせと磨いているはずです。

実生活での横顔に隠れた、小説家としての素顔がそのあたりにきっとあるはずです。そこで私は考えます。もし正午さんにじっさい会って「喋るインタビュー」を実現できたとして、小説家としての素顔、言い換えれば小説家として胸のうちに秘めているものまで正午さんは話してくれるのだろうか、と。答えは容易に想像できます。正午さんは話してはくれないでしょう。初対面の私にそうやすやすと秘密を打ち明けるはずがありません。ものを書くのは一人の人間です。そもそも小説家にかぎらず一人の人間がある程度の生きる要領を得て過ごしていくには、大なり小なりの秘密を抱える必要に迫られるものです。私たちの日常にはたとえ家族のあいだや恋人どうしの関係であっても共有できない事柄が潜んでいます、秘密はそこに生まれます。そう書いてまちがいないはずです。そうでなければ「バレなければ浮気してもいい」なんていうリベラルな意見も世の中で聞かれることはありません。

それぞれの世界に住む両者の関係が、秘密によって保たれることもある――本書『事の次第』を読むと、そんなことも印象深くこころに残ります。


さて。

本書『事の次第』は七つの短篇小説が連作として構成されています。登場人物は三十代半ばから四十代前半が中心で、ある程度の要領を得て過ごしている世代です。そして登場人物たちは一つの街を舞台に、やはりことごとく秘密を抱えながら暮らしています。五年前の放火事件にまつわる秘密、新聞社の社屋から飛び降りた女との秘密、十七年前に交際していた男との秘密、結婚に踏み切れない女が抱く秘密、妻に浮気された夫の後戻りできない秘密……ほかにも大小さまざまな秘密にさりげなく焦点をあてて、それが幾重にも連なり絡み合い、七つのストーリーは語られていきます。

そんなアラフォー世代のなかで唯一の二十代として描かれている〝少年〟倉田健次郎の人物像は、ひときわ異彩を放って魅力的に映ります。収録七篇のうち三篇に登場する人物です。街の裏社会に身を置く少年は、実年齢よりも若く見られがちな外見とは裏腹に、「この辺の若いのをぜんぶ仕切ってる男」と言われるまで力を得て、馴染《なじ》みの店ではメニューにないハンバーガーの注文も当然通るし、冗談めいた口調の背後につねに見え隠れする毅然《きぜん》とした態度で、年上の大人たちの秘密を翻弄することもあります。表題作「事の次第」ではその少年の口から、ある重大な秘密を抱えこもうとする大人に警告のことばがあびせられます（一七五頁）。はっとさせられることばです。あらたに手に入れる秘密は、同時にそれまで保たれていた関係を壊すおそれもはらんでいること、確かなものは両者の関係なんかではなく、その関係がつねにあやういもののうえに成立していること。そういったことが、少年の透徹した目にはよく見えるのでしょう、実世界での小説家のまなざしに通じるものさえ感じます。

表題作のほかでは、出会いから別れまでの経緯が時系列をさかのぼって語られることで読後の切なさがいっそう増す「そのとき」、未亡人となった義妹二人と、双子の弟の姿が終始車内の場面でありながら過去と現在で交錯する「言い残したこと」、前述した少年の素顔が浮かびあがる「七分間」がとくに興味深い筆づかいです。連作としてばかりでなく、一篇ずつ完結する短篇としてもじゅうぶん愉《たの》しめると思います。

本書は『バニシングポイント』のタイトルで単行本として刊行、いちど文庫化もされています（いずれも集英社刊、初出誌等は編集者おすすめの『正午派』を参照してください）。今回、新装版として文庫化されるにあたり七つの作品タイトルがいずれも初出時のものにあらためられ、表題の『バニシング〜』の表記もなくなりました。言うなれば、オリジナルバージョンとして復活、あらたな誕生を遂げました。

本書が単行本として刊行されたのは一九九七年のこと。正午さんはこのあと『Y』『ジャンプ』『5』といった長編の話題作をゆったりとしたペースで発表していくことになります。熱心な読者の方ならすでにお気づきかと思いますが、本書にはそれらの作品のエッセンスがあふれています。ほんの一例を挙げれば、表題作に描かれた二つの世界の境界線を踏み越えるというモチーフは、『Y』での「アイリス・アウトとアイリス・イン」に相通じるものを感じます。「言い残したこと」で語られる赤ワインのエピソードは、「一杯のカクテルがときには人の運命を変えることもある」という書き出しではじまる『ジャンプ』を彷彿《ほうふつ》とさせますし、男と女の関係を終始醒《さ》めた視点から描写する筆致には、『5』の語り手である津田伸一の信条を思い浮かべ、「そのとき」に描かれる「人に会えば不幸になる」という台詞《せりふ》は、そのまま『アンダーリポート』で重要なメッセージに昇華されています。

毎日まいにち一人で原稿と向き合う孤独、小説家の悲しみを、私はここで考えずにはいられません。小説家はありえたかもしれないもう一つの人生を書いています、いくつものモチーフをずっとたいせつに抱えつづけて書く手間と向き合い、いくつもの人生を過ごすに等しい時間をまちがいなく送っています、つまりは登場人物たちの人生に潜んでいるいくつもの秘密をもまた、小説家は長い時間をかけて一身に背負っていることにもなります。少しオーバーかもしれませんが（正午さんには「ほえ」って言われそうですが）、もしかしたらそれが、正午さんじしんも自覚していない正真正銘の秘密なのかもしれません。小説家としての素顔はその周辺にあると一介のライターは睨《にら》んでいます。とりもなおさず正午さんのそういった秘密主義は、小説家と読者とのシンプルな関係を保ちつづけるための真摯な姿勢以外のなにものでもありません。そして公私を徹底して使い分けるその姿勢は、インターネットをはじめ各メディアで等身大の作家像が読者に提供されて久しい近ごろにあって、きわめて稀《まれ》な、手放しで信用のおける小説家と言えます。まずは目の前にある本書のページをめくるだけでその愉しみは完結します。なにも考える必要はありません。解説先読み派の方は、安心してこの本を書店のレジまでどうぞ。

最後に私信です。今年八月二十五日の誕生日には（つまり本書が書店に並ぶころにはすでに）五十六歳になっている小説家の佐藤正午さん、私はいま「鳩の撃退法」の連載を楽しみにしています。万が一そちらの執筆に余裕ができたら、ロングインタビューの再開いつでもだいじょうぶです。編集者抜きでも面白いと思います。勝手に進めてまたお互いの秘密をひろげましょう、メールアドレスは変わっていませんので。

二〇一一年八月

（ひがしね・ゆみ／ライター）

本書のプロフィール

本書は、集英社より刊行された『バニシングポイント』（単行本／一九九七年三月刊、文庫／二〇〇〇年二月刊）を改題し、各作品のタイトルもすべて初出時のものにあらため、あらたに編んだ作品集です。

小学館文庫

事《こと》の次第《しだい》

著者　佐藤正午《さとうしょうご》

二〇一一年九月十一日　初版第一刷発行
二〇一七年八月七日　第二刷発行

発行人　菅原朝也
発行所　株式会社 小学館
〒一〇一-八〇〇一
東京都千代田区一ツ橋二-三-一
電話　編集〇三-三二三〇-五一三四
販売〇三-五二八一-三五五五
印刷所 ―――――凸版印刷株式会社

この文庫の詳しい内容はインターネットで24時間ご覧になれます。
小学館公式ホームページ　http://www.shogakukan.co.jp

ISBN978-4-09-408645-4